書坊

吴克敬文集

你说我是谁

吴克敬 著

陕西师范大学出版总社

图书代号　WX23N2190

图书在版编目（CIP）数据

你说我是谁 / 吴克敬著 . —西安：陕西师范大学出版总社有限公司，2024.1
（吴克敬文集）
ISBN 978-7-5695-3982-0

Ⅰ.①你… Ⅱ.①吴… Ⅲ.①长篇小说-中国-当代 Ⅳ.①I247.5

中国国家版本馆CIP数据核字（2023）第233558号

你说我是谁　NI SHUO WO SHI SHUI

吴克敬　著

出版统筹	刘东风
责任编辑	胡选宏
责任校对	姚蓓蕾
特约编辑	陈青青　巩亚男
装帧设计	张潇伊
封面摄影	武　强
出版发行	陕西师范大学出版总社
	（西安市长安南路199号　邮编 710062）
网　　址	http://www.snupg.com
印　　刷	陕西龙山海天艺术印务有限公司
开　　本	880 mm×1230 mm　1/32
印　　张	6.625
插　　页	2
字　　数	164千
版　　次	2024年1月第1版
印　　次	2024年1月第1次印刷
书　　号	ISBN 978-7-5695-3982-0
定　　价	59.00元

读者购书、书店添货或发现印装质量问题，请与本公司营销部联系、调换。
电话：（029）85307864　85303629　传真：（029）85303879

兄（总序）

陈乃霞

兄当年把他点灯熬油呕心沥血泼洒出来的一堆文字梳理了一番，欲出个集子。是夜，我接过手稿约了约，沉甸甸的，使人心酸，使人勾连起早年的一个幻想。我幻想给兄画一幅像，这幅画像在我构思了将近三千六百个日和夜之后，终于画出了一个奇高奇瘦的"人"字。兄而今把他创作出的文学作品整理出来，要出文集了，我抱在怀里，像抱着他养育出来的孩子，孩子成长得健康茁壮，我都要抱不动了。

也真是的，兄怎么就不知"计划生育"呢！二十八本书，像他二十八个血肉丰满的孩子一样。不过挺好，诗仙李白写给扶风人诗歌里的"扶风豪士天下奇，意气相倾山可移。作人不倚将军势，饮酒岂顾尚书期"句子——他智慧地借用了——刚好二十八个字，为他的二十八本书取名，倒也十分恰切。兄是扶风人，兄是有那么点儿李白所说的豪士气。现在我改这篇短文，像十年前一样，依然幻想着给兄画一幅像，那一次我把他画得奇高奇瘦，今日来画，他胖了一些，一个奇高奇瘦的"人"字是他，一个丰满丰硕的"人"还是他。当年我嘻笑着把那个奇写的"人"字拿给兄看，他先是惊疑，不明白这是个什么东西。待兄恍然悟出这东西即他时，便不再言语，燃起一根香烟

（兄在平时是不染香烟的），在朦胧的烟雾中轻声地说："画吧。任你去画。"我不再嘻笑，不再把兄的瘦长条个儿、瘦长条脸、驼背、八字脚当作乐儿，郑重其事地将东西似的"兄"珍存了起来。这一次画的兄，没变那一个"人"字，我像上一次一样拿给他看，他依旧惊疑，不过没有那一次凝重，他只说："我胖了吗？"

瘦还是胖，兄终是我的兄，他的形体可能在变，但他的人是永远不变的。

父亲意外而又意料中走的那年，兄只有十四岁。少年时代的兄生得浓眉大眼，虎虎生气，招人喜爱，更得父亲欢心，整日影跟神随父亲，走召公、到法门，去闯生活大世界。可是父亲走了，在那个秋风扫落叶的晚上，背着"文革"巨大的精神折磨，结束了他一个庄稼把式和乡里人的生命。

兄不明白世事的悲凉。

但悲凉的世事一度压得兄的背直不起来，腰弓了腿弯了，一双四十三码的大脚往外撇，走起路来一摇一摇，给人的印象好辛酸、好苍凉。

兄辍学了。十四岁年纪的人儿，一夜间变得成熟了。这种精神上的成熟和肉体上的稚嫩极不相符，可兄似无感觉。他与母亲相依为命，从老宅搬出来，在村口"新院"里遥望星河的时候，西北风裹着霜雪盖地铺天而降，用树枝撑起的窗洞任母亲怎么封堵，也挡不住寒流的渗透，缺吃短烧的母亲便只有唉声叹气。兄什么话也没说，也未向母亲告别，拿了一根绳子，头也不回地上了乔山。

兄以后的人生就是这么走过来的。生活注定了他的生生不息，锲而不舍。

两日后，兄犹如一只刺猬，蜷缩在一捆柴火下面，让人感觉是柴火垛颤巍巍地进了门。

在他的身后，还有一大捆一大捆的山柴积在借来的架子车上。

乔山上有豹子、有狼、有冤魂野鬼，儿啊，儿是咋过来的？母亲苍白的头摇着，两眼噙着泪水。兄却抹抹脸上的污垢和血痂，很自信地笑了。

兄的生命力不值钱。兄的生命力却呈现出少有的旺盛和适应性。他的人生、他的生命力，几乎包含了广大中国农民不弃生命之苦，一代一代，像泥土、像日月一样追求生命的精神。他没有伟岸，也没有清高。他的人生决定了他的世俗，他的无奈。

兄用他在乔山上练就的一副肩膀、一双手，又学会木匠和漆匠手艺。到他十八岁的时候，已经是扶风北乡那一带叫得响的匠人了。兄为人盖房、打家具，兄打制漆彩的描金箱子和梳妆匣子，是乡左人家娶媳妇嫁女必备的添箱……兄因此吃百家饭，睡百家屋，兄的肚子装满了百家的故事。这些故事在兄的脑子里沉淀、起浮，再沉淀、再起浮。到二十八岁那年，兄感觉到那些个故事的躁动和鼓舞，他是该把它们讲出来了。

兄十四岁失学，兄为练就讲故事的本领吃尽了苦头。

他就是这样一个人，只要是决定要干的事，总是一丝不苟。因为他知道，从做木匠到讲故事，有一段很长的距离，是精神和人格的一种飞跃。要实现这一飞跃，不脱几层皮，不掉几斤肉，是不可能的。那几乎是一个脱胎换骨的过程。

八百里秦川厚土赋予了他一身的豪迈，他赖以生长的乔山，和乔山脚下法门寺的钟灵，又给了他无尽的灵气。尽管乔山与众多大山比起来，只是一个土疙瘩，尽管法门寺也不如其他寺庙雄伟，而只是一座乡村庙宇；但我要说，乔山也还是山，一架无法抹掉的山，法门寺也是寺，一座曾经的皇家寺庙。兄沉浸在他的生活世界里，从《渭河五女》到《状元羊》到《手铐上的兰花花》到《初婚》……兄只管一路讲着他的故事。

讲故事的兄做了"写家"（当地人语）。

做了写家的兄走出了乡村，走进了西安城，凭着一支秃笔，做过西安一家官媒的负责人，后来转行到文艺口，又做起西安文学的当家人；但他依然是个背驼、腿弯、脚八字，依然世俗，依然无奈，依然不得伟岸、不得清高。他无法"洋"起来，即使穿西装打领带，依然是个土包子。因为给他勇气的故乡，山是土包子，地是土地神。

兄和我商量，他的文集不想以数字编目，想要用诗仙李太白《扶风豪士歌》的句子，我同意了。李太白的《扶风豪士歌》是写给一位叫万巨的扶风人的，兄与万巨虽不同代，但扶风人的性格，在兄的身上体现得很充分，兄不吃烟，兄好酒，酒后还真有那么点儿豪士气的。兄选择李太白的这四句诗，给他的文集编目，倒也适合他，同时还可能对他今后的人生起到大的激励作用。

兄不是别人。兄是书的作者吴克敬，我即是兄的婆娘陈乃霞。

我祝福兄，祝福他和他创作地老天荒。

2016年9月9日　再改于西安曲江

目录

001 / 上篇　心愿卡
069 / 中篇　拐　喜
132 / 下篇　你说我是谁

上篇　心愿卡

一

铁皮制作的窑院大门，这时候"吱哇"叫了一声，被人从外面推开了。是豆饼儿呢，他用头把门顶开一道缝隙，像个小毛贼一样，溜进院子，溜到了奶亲住着的屋子里，偎在了奶亲的身边。

慈祥的奶亲，那时抱着她的老母鸡，用手极为温情地"认"着。好像是，奶亲的眼睛就长在她的手指肚儿上，手指肚儿在母鸡的屁股上"认"一下，奶亲说这只母鸡有蛋了，过一会儿，母鸡趴在鸡窝里，静静地趴上一阵，然后又半蹲半卧地挣上一阵子，挣得鸡冠子通红，挣得脖颈子上的羽毛纷披，这就有一只蛋生出来，热烫烫地滚进了草窝里。这时的母鸡是骄傲的，它迈着稳健的步子从草窝里走出来，一路走，一路地高声啼叫，"我下了一个蛋""我下了一个蛋"……直叫得奶亲攥着它，喂它一把玉米粒儿或是什么豆儿。不过呢，这只麻杂色的老母鸡现在不会下蛋了，奶亲也没说这只母鸡要生蛋。因为奶亲已经认准，这只老母鸡忌蛋了。所谓"忌蛋"，就是老母鸡停止了生蛋，要孵鸡崽了。瞎眼的奶亲，是很理解老母鸡的这份情意的，她在"认"着老母鸡时，嘴里嘟囔着说，好吧，你就歇下来，给咱孵一窝小鸡崽吧。奶亲的话不是白说的，豆芽儿看见，就在奶亲的窑炕脚底，有只铺了败草的藤条筐子，放上了一窝鸡蛋，只等老母鸡卧在筐子里，抱着鸡蛋孵鸡崽了。

回家来的豆饼儿往奶亲身边一偎，奶亲就把老母鸡推出去了。奶亲给老母鸡说，到窝里孵鸡崽去。老母鸡呢，很听话地下到脚地，步入放了鸡蛋的草筐，很小心、很温暖地把鸡蛋全都抱在它的翅羽下，神情安详地孵起蛋来了。

推开了老母鸡的奶亲，自己倒像个老母鸡一样，把豆饼儿搂进怀里，跟刚才"认"着老母鸡一样，也"认"起豆饼儿来。豆饼儿偎在奶亲的身边，默不作声，很是享受地让奶亲的手"认"着，只等豆芽儿把饭做好，再端过来，他好和奶亲一人一口地吃下去。

其实呢，豆饼儿还长豆芽儿一岁，虚岁都十七了，是豆芽儿的哥哥。可豆饼儿是个儿娃子，在奶亲的身边，就不用做家务。豆芽儿呢，她是女娃子，在奶亲的身边，就得做家务。按陕北山沟沟里的规矩，不独他们沟河村，更不独他们家，家家都是这个样子——打小起，儿娃子就是不屑伸手家务活的。这样，豆饼儿不做家务习惯了，豆芽儿自觉操持家务活儿也习惯了。

隔壁的厨窑里，锅盖碰着了锅沿，勺头磕着了碗边，筷子砸着了碟沿……初中三年级的学生豆芽儿，忙活出一片杂乱的响动。从那一片响动和烟雾里，倏忽钻出脸上挂着细汗的豆芽儿，她的手上端着一张长条形的木盘，木盘上搁着两碟小菜——一碟苦苦菜，一碟酸豇豆，都是山野之中的出产，豆芽儿在放学回家的路上拐一下脚，就能采一些回家来。把菜择净了，氽进滚水里翻个身，捞出来，撒上盐，泼上醋，就是很好的下饭菜了。紧靠两碟小菜的，是两只黑瓷大碗，碗里盛着的，就是下了洋芋疙瘩的碎糁子。

不稀不稠，豆芽儿把一家人的晚饭做得有模有样。

奶亲闻到了晚饭的香味，但奶亲没有理会端来晚饭的豆芽儿。那是因为，仔细"认"着豆饼儿的奶亲，从豆饼儿身上"认"出问题来了。

奶亲说话了，她的声音是忧伤的："豆饼儿，告诉奶亲，你遇到甚事了？"

偎在奶亲身边的豆饼儿，看上去是乖顺的。这可不是豆饼儿的作派——他简直像个野人，啥时候乖顺过？而今天，他推开窑院的铁皮大门进来，偎在奶亲身边，那模样像换了一个人似的。很显然，因为奶亲的手窥破了他内心的秘密，他脸上变着颜色，在昏暗的灯光下显得一阵红、一阵白。但他是一定要抵赖的。

豆饼儿说了："奶亲不要乱猜，我能遇到甚事？"

奶亲是洞明一切的，眼睛瞎了，心里亮堂着哩。奶亲说："不是我乱猜，偎到我的身上，你心慌啥？肉抖骨头抖的。"

豆饼儿的嘴却还犟着："我抖了吗？奶亲，我给你说，没事，我甚事都没有。"

奶亲就摇头了。

奶亲的手还在豆饼儿的身上仔细地"认"着，她说："豆饼儿呀，奶亲信了你啦，信你没事。没事了好哇，你的娘亲、爹亲都不在身边，咱不能有事，有事了，你嫩骨头担承不起，奶亲老骨头也担承不起。"

豆芽儿听不惯奶亲的唠叨，什么事呀事的，尽吓人。心里怨着奶亲，嘴上就催着吃晚饭了。她拿起一双筷子，夹了些苦苦菜和酸豇豆，放在一只黑瓷碗里，端起来送到奶亲的手里，给奶亲说，咱吃饭咯，趁着饭热乎，吃了暖肚子。给奶亲送上饭碗后，豆芽儿拿起另一双筷子，同样的，夹了些苦苦菜和酸豇豆，放在另一只黑瓷碗里，端起来要给豆饼儿手上送。本来呢，豆饼儿伸手接住就行了，可他却在豆芽儿端碗的一刹那，失急慌忙地伸出手，自己抢过碗来，把头埋进碗里，呼噜呼噜，狼吞虎咽地吃上了……豆芽儿拿眼扫着豆饼儿，仅只是那么淡淡的一扫，她的心里有数了，并且佩服起了奶亲，感觉眼神不好的奶亲就是一个巫婆——不用眼睛看，只用手"认"，就"认"出豆饼儿有事了。

是个啥事呢？事情很大吗？

二

放学了，豆芽儿没等哥哥豆饼儿就自己先回家了。

往常都是这样的，只有早起与豆饼儿结伴来学校，下午放学，能一起走就一起走，不能一起走，豆芽儿就不等了。哥哥豆饼儿还要在学校留上一阵子，打打篮球、乒乓球什么的，磨不到天黑不回家，回家了，伸手吃现成饭。

> 豌豆豆的那个开花得儿结龙头，
> 我十七八的那个开始交朋友。
> 高粱粱的那个地里得儿带豇豆，
> 就因为的那个我瞭妹妹呀踩了一道路。
> 我手扳上崄畔脚垫上柴，
> 就因为瞭妹妹我丢了两只鞋。

从镇上的中学往回走，是一条逼狭的小河沟，两面的山坡立陡立陡，夹着沟底的河水，发出一阵紧似一阵的喧响。那条放羊鞭子一样弯曲的山路越走越窄，窄到几乎只容豆芽儿一人通过。豆芽儿走着，听到不知什么人怪声怪气地吼唱信天游里被分类为"酸曲儿"的那首《交朋友》。豆芽儿是热爱他们陕北信天游的，但她不爱酸曲儿，那荒腔走板的酸曲儿，忽忽悠悠横飞在她的耳朵边，是钻不进一句半句的。豆芽儿自信她有这样的免疫力，她眼不斜视、耳不旁听，自顾自地走了一程。走到半道上，是一片林深草茂的山洼洼呢，豆芽儿看见了蛮牛。他站在窄道上，手里是从山坡上采来的一束野花花。他迎着豆芽儿，要把野花花献给豆芽儿。这时，豆芽儿才知道刚才那荒腔野调的吼唱，是从蛮牛嘴里吐出来的。像往常一样，镇中学的尖子生豆芽儿是懒得理会蛮牛的，她拧了一下身子，想要躲开蛮牛，继续走她的路，回家去做饭。可今天的蛮牛不是豆芽儿好摆脱的，她拧身子的时候，蛮牛却早有准备地扑过来，揽腰抱住了豆芽儿……几乎同时，埋伏在路边草丛里的二狗和黑猪也一跃而出，抬着豆芽的腿，不论她怎么抗争，硬是抬着她，把她抬进山洼洼深处，放倒在一片草地上。

豆芽儿知道下来的结果是什么。

在镇上的中学，总有这样一股子流言、那样一股子蜚语，说是谁和谁好上了、谁成了谁的搭子、谁被谁吃了香香……所谓的"好"，所谓的"搭子"，所谓的"香香"，豆芽儿是有所了解的，说透了，就是一对一地搞对象。多大点儿娃娃呀，放着书不念，搞的什么对象？豆芽儿对此是排斥的，甚至是很瞧不起这些同学的。她知道，许多和别人"好"上、成为"搭子"的女同学，并非自愿，完全是被风气所逼——好上一个男同学，成为那个男同学的搭子，不过是为给自己找个依靠，免得遭受别人的欺侮。尽管如此，豆芽儿还是不能理解和原谅她们。她和她们拉开距离，能不与她们交往，就坚决地不与她们交往。

豆芽儿一门心思地读书，她要考上高中，然后考上大学，考到娘亲打工的陈仓城里去——那里是有几所大学的。娘亲给她描画过，说那几所大学都在渭河的南岸边，高楼林立，绿树婆娑，幽静美丽。豆芽儿几次在梦里，都已梦到了陈仓城的大学了。

可是，豆芽儿身处的现实，让她时时处处提心吊胆。和她一样，打从睁眼起娘亲和爹亲就远离自己的后生儿，是没有娘亲和爹亲的呵护与管束的。有一些人就像山野里的狗獾，没有不敢匪的事，没有不敢野的心。她小心躲着那些匪野的后生儿，终到了还是没有躲过。有些日子了，村主任劳劳子的儿子蛮牛，给豆芽儿下条子，一次接着一次地下，说死了，要和豆芽儿好。豆芽儿是谁？学校里的一枝花，老师和同学谁不佩服豆芽儿的学习精神，谁不夸赞豆芽儿的学习成绩？拿稳了说，今年中考，豆芽儿是全校最有把握考上县城高中的学生。豆芽儿能理会蛮牛吗？

一只山野里的小狗獾而已，豆芽儿才不理会他呢。

蛮牛他们把豆芽儿抬进了山背洼的草窝里，是别的女孩儿，大概早已吓得魂飞天外了，豆芽儿却没有，她从草窝里霍地站起来，责问蛮牛想干甚。

嬉皮笑脸的蛮牛说："想干甚？你知道我知道。"

豆芽儿怒气冲冲的脸上涂抹着一层冷霜，恶狠狠地剜了一眼蛮牛，挥了一下胳膊，想要走开，却被蛮牛的跟班二狗、黑猪左堵右挡，不能脱身。

蛮牛依然满脸的痞子相，他说："你书念得好，我佩服，我也想跟上来，你得帮助我。"

豆芽儿听到这里，口气就软了些，说："头戳在你肩膀上，都看你自己了。"

这是豆芽儿与蛮牛成为同学以来，对他说的最温暖的一句话，听得蛮牛蹦了一个高，落下地来说："是你说的，答应和我好了。"

豆芽儿感到自己上了蛮牛的当，出口就骂："你个死蛮牛，我和你好？你去死吧，去和你姐好吧，你姐才会让你好的。"

应该说，豆芽儿骂得已经很恶毒了。若是别人，蛮牛的横劲儿早就上来了，不打对方个口鼻流血才怪。面对豆芽儿，蛮牛却一副绵性子，不仅不气不恼，反而还腆着他的脸儿，往豆芽儿的跟前凑了凑，说豆芽儿就是他的姐姐,他的好姐姐呢。姐姐要他死,他是要死的,但在死之前,心里放不下姐的"香香",他吃一口姐的"香香",不用她逼,他自己就去死。

蛮牛一边说,一边逼到豆芽儿的身边,伸手去搂豆芽儿。

豆芽儿是想躲的,但她躲不过了!二狗、黑猪步调一致地堵住了豆芽儿要躲的路,蛮牛强霸地搂住了她的腰,并且嘟起嘴巴,就要往她的嘴巴上贴,惊得豆芽儿狂喊起来,泼着命挣扎和抗拒,甚而扯起了泪声,哀哀地恳求蛮牛了。

豆芽儿说:"都是一个村上的,抬头不见低头见,你可不能这样啊!"

蛮牛才不管豆芽儿的哀求,他一时无法吃到豆芽儿的"香香",就又威胁豆芽儿了,说:"放乖一点,我就只吃一口香香,如不然,就别怪我还要叼你壶嘴儿的。"

吃"香香"仅止于亲嘴儿,叼"壶嘴儿"就是要吃乳头了。山里人的口头话,豆芽儿是听得懂的。于是,刚才还敢泼命抵抗的豆芽儿,像是抽了筋的羊羔儿,身子软下来了,脸上蓦地就都是愤怒的眼泪。

没有人注意,一根举在空中的粗树枝砸下来了,不偏不斜,正好砸在蛮牛的后脑勺上,砸得蛮牛松开了搂着豆芽儿的手,摇晃着缩在了草丛里。

举杠砸倒蛮牛的人,是豆芽儿的哥哥豆饼儿。他在学校里也不是个善茬,身边也有几个跟班。跟班中有人得到口信,告诉豆饼儿,说蛮牛可能要吃豆芽儿的"香香"。豆饼儿起初不大相信,后来还是看出了一些眉目,譬如蛮牛总给豆芽儿传条子,这就使他不能不有所警惕了。这天下午放了学,他在学校的操场上练习打篮球,打了一阵儿,心里感觉有事,就追着豆芽儿的背影往回走。走在这处林深草茂的山背洼边时，他听到了豆芽儿的哀求声了，顺着哀求声往草深处走，这就看见了蛮牛强吃豆芽儿"香香"的一幕。作为哥哥，豆饼儿只有奋起相救了，刚好，手边有几根被砍柴的人砍落在地上的粗树枝，他抽出一根举起来就砸蛮牛了。活该他们吃砸，都只顾着耍弄豆芽儿，没留意跟来的豆饼儿。豆饼儿一棍子砸倒蛮牛后，接着又两棍子砸翻了二狗和黑猪，扶着受惊吓呆立在草窝里的豆芽儿，牵着她的手，走出山背洼，走到了回家的山路上。

快到家门口了，豆饼儿给豆芽儿说："把发生的事窝在肚子里，不要给别人说。"

豆芽儿看了一眼豆饼儿，没有说话。

豆饼儿还说："没有用的，给谁说都没用，吃亏的就只有你。"

豆芽儿给哥哥豆饼儿点头了。她晓得豆饼儿说的是真话。那样的事，能给谁说呢？给奶亲吗？给蛮牛的老爹劳劳子吗？给学校的老师吗？不能说，给谁都不能说。豆芽儿就只有忍了，咬牙忍在心里，发愤地读书，读好书，把这件事忘掉，才是唯一的办法。

就这样，豆芽儿和哥哥豆饼儿越发亲起来了，她视豆饼儿为依靠。奶亲说豆饼儿遇到了事，也就是豆芽儿遇到事了。豆芽儿甚至想，该不是因为她，哥哥豆饼儿才遇到了事？她的这位哥哥呀，去年初三毕业，参加中考没有考上高中，按他的心意，是绝对不会再考了。娘亲写了信，还说是爹亲的意见，让豆饼儿复习一年，下一年中考，考上学就上，考不上也罢，就当陪了豆芽儿一年，也是不错的。奶亲也是这个主张，豆饼儿就只有耐着性子，陪着豆芽儿在镇中学读初三了。

豆芽儿感谢哥哥豆饼儿的陪伴和保护。许多日子里，豆芽儿只顾享受豆饼儿给她带来的好处，却忽视了豆饼儿的感受。还是奶亲的直觉强,发现了豆饼儿的问题,这是及时的,也是适时的……豆芽儿认真地想着,就感到了自己的自私,因此呢,她检讨着自己,并且下了决心,要找一个机会与哥哥豆饼儿开诚布公,认真地谈一谈了。

三

哥哥豆饼儿没有回家,一个晚上都没回来。

豆芽儿知道,奶亲没有睡着觉,她也没有睡好觉。天快亮时,豆芽儿从炕上爬起来去烧早饭,看见奶亲大睁着黑洞洞的眼睛,抬手在炕沿上拍着。奶亲拍得很慢,拍一下,总要隔上一阵,抬起手,又拍一下。豆芽儿知道,奶亲一个晚上,都是这么不紧不慢地拍着炕沿过来的。豆芽儿起来的动静很小,奶亲还是敏锐地感觉到了。奶亲把豆芽儿叫到炕边来,伸出拍了一个晚上炕沿的手,在豆芽儿的身上"认"着了。"认"了几下,奶亲说话了。她说还是豆芽儿省事,让她放心。奶亲这么夸赞豆芽儿是很少见的,过去,奶亲都只夸赞豆饼儿,现在夸赞豆芽儿,让豆芽儿一下子就明白过来了,奶亲是要说,豆饼儿让她不放心了。

明白了这一层意思,豆芽儿就给奶亲说:放心吧奶亲,豆饼儿没事,他今天会回来的。

听豆芽儿这么说,奶亲就不说了,"认"着豆芽儿的手也收了回去,继续不断地拍着炕沿了。

豆芽儿宽慰着奶亲,可她却没法宽慰自己。她猜想,豆饼儿一夜未归,肯定是和蛮牛他们在一起的。挨了豆饼儿棍子的蛮牛,当时被打昏了,头顶上肿起了一个电灯泡似的大包,第二天,头还炸裂般疼着，却率领他的小跟班二狗和黑猪，寻到了豆饼儿，拜在豆饼儿的手下，尊豆饼儿为大哥，心甘情愿做他的小跟班。野獾一样的山里后生儿信奉这样一条规律：谁下得了狠手，敢把人头当尿罐敲，谁就为后生儿们所敬畏，同时也受后生儿们的抬举。甘愿做小跟班的后生儿，哪怕此前天不怕地不怕，与此人有不共戴天的仇怨，也只有低下头来，尊他是老大。

成了老大的豆饼儿，是很享受这份尊荣的。

蛮牛要请豆饼儿吃喝，豆饼儿就很高兴地去了。

那是蛮牛挨打后不久的一天，他特意在镇街上最为气派的海鲜酒店里为豆饼儿设酒宴。他们读书的中学也在镇街上，从学校里出来，就是镇政府花了大价钱整修起来的一条商业街，一街两行，全都是装饰得大红大绿的门脸儿，有百货店、日杂店、服装店、医药店，还有洗头店、洗脚店和桑拿洗浴店，而其中最为显眼、数目也最多的要算饮食店了。过去常见的山珍店都还兴旺着，又有传统的地方小吃店、新潮的海鲜店，也都扯旗放炮地开在商业街上。蛮牛选择的海鲜店，恰在商业街的中段。那天请了豆饼儿去吃喝，许多在校的同学都看见了。在后来的传说中，蛮牛给豆饼儿点了一只名贵的野生龟、一条名贵的深海鱼，以及同样名贵的虾蟹之类。他们还点了酒，有说是白酒，有说是红酒，也有说是啤酒的。究竟是什么酒，在这里是不重要的，重要的是蛮牛、二狗和黑猪给豆饼儿敬酒时，学的是影视剧中黑道上的样子——单膝跪地，高举酒杯。

豆饼儿吃了蛮牛、二狗和黑猪几回酒，心里快活着，忍不住是要吼两嗓子的。他吼的是他改造了的一曲红色信天游，叫什么名字他也不管，只管快活地吼他的：

一杆杆红旗空中飘,
跟上爷老子咱把革命闹。
镰刀加斧头小米和步枪,
砍开大路伙家往前闯。
千里的雷声万里的闪,
红旗一展天下都红遍。

有了头一次的吃喝,就有第二次第三次、第四次第五次……这么吃喝了一些时日,胡吼乱唱了一些时日,豆饼儿还真的成了那伙野獾后生儿的老大。

豆芽儿有了她的私心话,那就是,她乐见豆饼儿当老大,她需要豆饼儿的保护,使她能够安然无事地读书。但她也怕豆饼儿惹事,小事倒也无妨,大事呢?怕就不好收拾了。豆芽儿不是瞎眼,便是瞎眼的奶亲,用手都"认"得出来豆饼儿遇到事了,她眼明目聪,又岂能看不出豆饼儿遇上事了呢?对哥哥豆饼儿,豆芽儿比谁都担心。

整整一个晚上,豆饼儿都没有回家。清早来到学校,课堂上还是不见豆饼儿,这叫豆芽儿好不心慌,老师讲的什么,她几乎没有听进耳朵里。这在豆芽儿身上是不多见的,她不像豆饼儿——在镇子上的中学里,豆饼儿的学习成绩就没好过,特别是在他当了蛮牛、二狗和黑猪一伙后生儿的老大后,缺课旷课就成了家常便饭,用他自己的话说,咱就不是读书的料,耗在课堂上,也是瞎子点灯白费油蜡。

自暴自弃的豆饼儿,让豆芽儿好不伤心。

豆饼儿陪同豆芽儿留级在同一个班上,豆芽儿是很想帮助她的哥哥的,可她太无能为力了。

一个晚上都不回家,豆饼儿会在哪里呢?

四

罩窝的老母鸡，在一个星期日的下午，无限幸福地迎接了小鸡崽的破壳而出。

在头一只小鸡崽破壳之前，罩窝的老母鸡是有预感的。它从罩了将近二十天的草筐里踱了出来，带着些许的安详，还带着些许的焦燥，细心地守在它罩了许多日子的草筐前，伸着脖子，盯着草筐里的鸡蛋。就在这时，有只鸡蛋光滑的外壳，出现了一条细小的裂缝，紧跟着这条裂缝，一会儿又是一条，一会儿又是一条……在这不断出现的裂缝的交汇处，蓦地碎了一个小孔，鸡崽儿黄嫩嫩的嘴巴，就从那个小孔里钻出来了，努力地钻着，逼得小孔嘎嘎扩大，就又钻出了鸡崽的脑袋……是这样的，原来坚硬完整的鸡蛋壳，突然四分五裂，一只绒绒的、雪团儿般的小鸡崽，便神奇地扑棱着小翅膀，翘立在骄傲的老母鸡面前了。

小鸡崽出壳后，是要欢叫两声的：喳喳，喳喳。

迎接小鸡崽的老母鸡也是要叫两声的：咕咕，咕咕。

瞎眼的奶亲，听到了小鸡崽"喳喳，喳喳"的叫声，也听到了老母鸡"咕咕，咕咕"的叫声，蓦核桃皮似的脸上当下堆满了笑容。每年春尽夏来的日子，奶亲都要叫老母鸡孵一窝小鸡崽，这是她生活中不可或缺的一个环节。少了这个环节，就少了一份意义、一份神圣。因此呢，奶亲是很期盼小鸡崽破壳的。小鸡崽一但出世，奶亲就只有欢喜和慌乱了。奶亲所以欢喜，是因为听了小鸡崽和老母鸡亲热的叫声；奶亲所以慌乱，是因为她要追着小鸡崽和老母鸡精心地喂养了。

豆芽儿没有看到头一只小鸡崽破壳的情景。她到家时晚了点儿，但还是幸运地看到了最后几只小鸡崽出世的画面。豆芽儿感到了小鸡崽的奋勇和老母鸡的温暖。

冲破坚硬的蛋壳,欢叫的小鸡崽首先是要寻找老母鸡的。豆芽儿看见了,小鸡崽寻找老母鸡的头几步走得颇不容易,而且借助了翅膀的力量。那是怎样的翅膀啊,小小的,嫩嫩的,扇动起来,却是那样的有力,平衡了小鸡崽的脚步,使它身姿优雅地走到老母鸡的身边……这时候的老母鸡是慈爱的,它会微微张开它的翅羽,让小鸡崽缩着身子,幸福地挤进它的翅膀里,感受它的温暖和安全。

豆芽儿羡慕小鸡崽了,真想自己也能是只小鸡崽,挤进老母鸡的翅羽下。

突然地,豆芽儿就又想起了她的哥哥豆饼儿,她想象豆饼儿看到幸福的小鸡崽,是否会有她那样的感受。

可是豆饼儿不在,一连几天,豆芽儿根本见不上豆饼儿的面。豆饼儿偶尔回一次家,或是在学校打个照面,也像做贼一样,不等豆芽儿靠近他,他先远远地躲开来。这使豆芽儿心焦、心慌,甚至还有点心痛……在这个小鸡崽破壳而出的星期日下午,豆芽儿盼望她的哥哥豆饼儿能够回家来。

等了一会儿,不见豆饼儿回家,豆芽儿就要走出铁皮的头门,在村街上瞭望一下……现在的沟河村,从早到晚,除了到处乱窜的猪狗和鸡鸭,很少有人来往,偶尔走来一个人呢,不是年少的后生儿,就是年高的老人,跟往日喧嚣的沟河村相比,有种无可奈何的落寞和空寂。从建筑上看,沟河村倒是越来越好了,不能说翻天覆地,要说日新月异还是很贴切的。出山打工的人,把钱拿回家来,最是紧要的一桩事就是翻新窑洞。图省事的人,只为老窑续一段砖石的接口,便也算旧窑换新貌;那人腰包如果够瓷实,他会把原来破败的土窑洞扒掉,请来工匠,箍起一座座高门大窗的砖石窑洞。

豆芽儿的娘亲和爹亲,早在两年前回了一趟家,就把他们家的窑洞续了一段砖石接口。铁制的头门就是那次翻新窑洞时添置的——原来是一扇老榆木的头门，破败而湿重，看一眼就有一眼的压抑。如今换成大铁门了，涂上了红色的油漆，就怎么看，怎么轻灵，怎么养眼。还有接了砖石窑口的三眼窑洞，外墙都是贴了瓷的，太阳的光照在白瓷的墙面上，亮亮堂堂的，豆芽儿的心呢，也该亮堂的，而且她很痴迷这样的亮堂。在新窑口刚接起的日子里，豆芽儿总要忍不住伸出手来，在雪白的墙面上摸一摸。即便如此，还不能表达她的爱意，她就把滚热的脸蛋儿贴在墙面上，感受白瓷墙面的温润和光洁。

这是政策所提倡的——新农村建设，就该有个崭新的样子。先先后后，沟河村的人家，差不多都新箍了自己家里的窑洞。

豆芽儿又一次站在了铁制红漆大门的外面，她没有瞭见哥哥豆饼儿，却瞭见了村主任劳劳子。

在沟河村，村主任劳劳子是个不可多见的人物。他在村主任的位子上干了多少年，豆芽儿是不清楚的，好像从她记事起，沟河村就是劳劳子当村主任。当然，有人是想取代劳劳子的，说他奸滑的人有之，说他贪婪的人亦有之。可到开会选举村主任时，大家又都把票投在了他的名下。

不管怎么说，村主任劳劳子还是比较热心村上事务的。

镇子上来了干部，村主任劳劳子就得跟着转。豆芽儿记得最近的一次，是眼镜镇长来沟河村调研，他的调研主题是山村留守儿童问题。村主任劳劳子领着眼镜镇长在村上东家进、西家出，也就到了豆芽儿的家。村主任劳劳子是有意夸饰自己的政绩吧，进了豆芽儿的家，直夸豆芽儿的娘亲和爹亲把新窑箍得好，这在村上可是很突出哩。村主任劳劳子夸着时，还把他的脸近距离对着白瓷墙面，要眼镜镇长来看——多么光亮的墙面呀，镜子一样，把人影子都照出来了。

因为临近春节，村主任劳劳子先问了豆芽儿的奶亲：割下肉了没？买下鱼了没？面粉细不细？白米白不白？葱韭辣子西葫芦，姜蒜芹菜胡萝卜……都齐不齐？奶亲一声随着一声，先说都好了，又说都齐了。

奶亲说的是真心话。别说是过春节，平常日子，因为娘亲和爹亲双双在外打工，捎回钱来，他们的日子也都过得很富足了。

和村主任劳劳子一起来的眼镜镇长，没有劳劳子那么俗气。他关心的都是大事，都是当前迫切需要关心的中心工作。他这一回下村调研，就是上级安排下来的任务——要求基层干部务必关心春节期间的乡村留守儿童问题。对这个问题，眼镜镇长应该是有切身体会的。他到镇子上任职以来，很好地总结了山区的实际情况，发现深山里边，除了核桃、枣儿几样特产外，别无其他优势项目。怎么使山区群众富裕起来呢？唯一可行的办法，就是组织山里的青壮年，走出大山，到城里去，打工致富。为此，眼镜镇长没少耗费心血。他在镇子上开办学习班，进行务工人员岗前培训，然后又到山外的城里去，与当地的劳动管理部门联系，为外出务工人员寻找适宜的工作。就这一点，不管别人怎么说，眼镜镇长对自己是满意的，到村里来调研，面对变化着的村容村貌，是让眼镜镇长颇受鼓舞的。因此呢，进了豆芽儿的家，眼镜镇长的脸上就满是微笑了。

微笑着的眼镜镇长问豆芽儿的学习情况。

豆芽儿回答说："还可以吧。"

眼镜镇长就说："你不用谦虚，你看你家墙上，贴的可都是你的学习奖状哩。"

豆芽儿的脸就红了一下。

微笑着的眼镜镇长就又问豆芽儿的生活情况了。

豆芽儿回答仍然是："还可以吧。"

眼镜镇长的嘴张开了，自然他是有话说呢，旁边的劳劳子却插话了，说："镇长多忙啊！过年了，还挂念你们留守儿童，看着你们学习好、生活好，镇长就放心了。你们在家忙吧，镇长还要走几家的，有什么事呢，咱们随时说。给我说行，给镇长说也行。"村主任劳劳子说了这一摊话，就和眼镜镇长转了身，从豆芽儿的家里走出去了。

…………

在沟河村，能把步子走得如此踏实稳当的人，就只有村主任劳劳子。

迎着一步一步走来的劳劳子，豆芽儿很想跑到他的面前，把她遇到的问题，以及她的担心，一股脑儿说给他！然而，这个念头刚从豆芽儿的心里冒出来，就先被她自己掐掉了。

村主任劳劳子稳稳当当地走着，走到豆芽儿的身边了，随口体贴地问了豆芽儿的奶亲，说："老人的身体还好？"

豆芽儿顺着劳劳子的话回答了，说："好着哩。"

豆芽儿说着，差点就把她担心的事也说出来，可她很好地控制住了自己，只说了一句可说可不说的话："家里孵了一窝小鸡崽，才刚出的窝，奶亲正高兴着哩。"

村主任劳劳子就很开心了，说："高兴了好，人老了呢，活的就是个心情。"

村主任劳劳子这番话，豆芽儿是完全同意的。这样呢，就又把她埋在心里的顾虑激发了起来，想着村主任劳劳子也能体贴地问一问她，问她的心情怎么样。如果问了，豆芽儿觉得她会把她已经掐了尖的心里话复活过来，敞开来说给村主任劳劳子听。可是，村主任劳劳子没有问她心情如何，就从她的身边走过去了。

这叫豆芽儿很是失望……正失望着，就又看见了金巧巧，同村同班的好姐妹金巧巧。

这时候呢,阳婆子已经压在了西山尖上,整个沟河村就像着了火一样,在太阳光的余晖里燃烧着。豆芽儿扬起了她的双手,她在招呼金巧巧了。

豆芽儿听见自己的声音是很大的:"哎,巧巧……"

想来金巧巧该是听到了豆芽儿的招呼,也该是看见了豆芽儿的身影。但是呢,金巧巧的脚斜了一下,往村道边的一条下坡路拐去了。

怎么贼一样?豆芽儿不理解,好姐妹金巧巧和她生分了,不想和她搭腔,不想和她照面。这么忖着,豆芽儿又想起了哥哥豆饼儿,觉得他们怎么都是一样,一个人贼溜溜地溜门缝,一个人贼溜溜地溜街角。

奇怪,真是太奇怪了。

五

慌慌乱乱的情绪,像是一团乱七八糟的丝麻,严严实实地塞满豆芽儿的心怀。便是坐在严肃安静的课堂上,她也无法认真听课了。她的一双乌溜溜的黑眼珠,不是盯着讲台上的老师和老师书写在黑板上的粉笔字,而是瞟着豆饼儿的座位,一会儿瞟上一眼,一会儿瞟上一眼……一瞟一瞟地,豆芽儿就还倏忽发觉,从不旷课的金巧巧也不在课堂上。

想起在村里见到的金巧巧神情怪怪的,豆芽儿沉重的心思又添了一丝疑惑。

挂在教室墙外的电铃,突然在豆芽儿的疑惑中惊叫起来,倒把平常听惯了电铃声的豆芽儿吓了一跳。这是早上的头一节课,而且是豆芽儿从来都不敢放松的数学课。但在课堂上,老师都讲了些什么,说句老实话,豆芽儿是一句都没有听进耳朵里,她心慌意乱,随着电铃声起,便如屁股装了弹簧一般,一跃而起,向教室外面走去,而这时,带课老师还在讲台上认真地讲着一道题。

带课的是来支教的大学生夏奋强。这位夏老师,听说是西安人,也在西安的大学读书,他来陕北的大山沟沟里支教,完全是自愿的。他说他太爱陕北的信天游了,在镇中学支教,一有空儿,就撵到山沟沟里的荒村野乡去采风。采风结束,他带回来许多老旧传统的信天游,自己学唱后还教同学们一起唱。有几首信天游不仅他唱熟了,豆芽儿和她的同学们也唱熟了。然而,大家最熟的是夏老师用信天游曲调编唱的《梁山伯与祝英台》:

走书房,出书房,
书房院前有影壁墙。
影壁墙上栽花树,
咱们原是天配合。

走一道巷,又一道巷,
个个巷里有担水人。
柳木担子柏木桶,
千提万提提不醒。

走一道街,又一道街,
个个街里搭戏台。
前晌唱了你梁山伯,

后晌又唱祝英台。

　　祖祖辈辈生活在陕北的山沟沟里，豆芽儿不知上辈人听过这样文雅的信天游没有，总之她是没有听过的。夏老师采风回来，教给同学们唱，豆芽儿没费劲就学会了，而且比班上同学都会得早、唱得好。

　　豆芽儿的心从课堂上跑了出去，她自己没意识，心细的夏老师却早已发现了，他发现豆芽儿心不在焉。他想，一贯刻苦用功的豆芽儿不该是这个样子，她是怎么了？心里有啥事呢？突然，课还没有讲完，作为老师的他还没宣布下课，豆芽儿却兀自起立，向教室外面走去了。

　　夏奋强提高了声音，他说："豆芽儿同学，请你先坐在座位上。"

　　刷地，全班同学的眼睛都盯在了豆芽儿的身上。而这时，豆芽儿也知道了她的失态，听从了夏老师的提醒，顺从地坐回了座位上。

　　豆芽儿的脸红了，耐着性子，听完了夏老师的课。按说，她这时候该站起来到教室外面去走一走的，好稳定一下情绪，集中精力把下一节课听好。但她却没有动，坐在原位上，像是屁股和板凳焊在了一起，痴愣愣地死坐着，眼望着满教室的同学，一个接一个走出教室。

　　最后，教室里就只剩下一个豆芽儿和一个叫侯红琴的同学。

　　侯红琴与豆芽儿同班不同村，平常日子里也很少交往。但在这个早上，在这个不是很长的课间里，她默默地陪着豆芽儿坐在教室里，不时拿眼瞄一下豆芽儿。如此三番，瞄了几瞄，她终于忍不住，从座位上站起来，向豆芽儿走来了。

　　这个与豆芽儿的关系说不上好也说不上坏的同学，竟然如豆芽儿一样，一脸的忧戚，一脸的愁苦。她走到豆芽儿的跟前，嘴唇动了几动，这才说了出来。

侯红琴说:"你在找你哥豆饼儿吗?"

豆芽儿惊讶地盯着侯红琴看,不晓得她怎么窥破了自己的心思,知道自己在找哥哥豆饼儿。

侯红琴凄然地笑了一下,说:"我知道你哥豆饼儿在哪里。只是你要答应我,帮我一个忙,我就告诉你。"

急于知道哥哥豆饼儿下落的豆芽儿,也不知道侯红琴要她帮什么忙、这个忙她帮得了帮不了,便满口应承下来。豆芽儿说:"你说吧,我帮,都是同学,咱不客气。"

侯红琴却犹豫起来,吭吭哧哧地说:"算了,我还是不说的好,你帮不了我。"

豆芽儿的犟劲上来了,她从座位上站起来,与侯红琴站了个面对面,眼睛里像有一股火在燃烧。很显然,她的这个样子把侯红琴吓住了。

侯红琴无可奈何地说:"那你要给我保证,我说的话你坚决不给你哥豆饼儿说。"

豆芽儿点了点头,说:"我保证不给我哥豆饼儿说。"

侯红琴却还迟疑着开不了口,甚至难场得眼圈儿都红了。她给豆芽儿又解释着说:"我的意思不是这样。我是说,你还得给你哥豆饼儿说,只是不能照搬我说的话说。"

豆芽儿就奇怪了,瞪着眼睛看着侯红琴,说:"那你说,我该怎么给我哥说?"

侯红琴似有心窍回归的感觉,她说:"用你自己的话说。"

豆芽儿亦有所明白,应承说:"好,就用我的话说。"

侯红琴的胆子这下大了起来,出语也像河堤决口,滔滔不绝了。她给豆芽儿说:"你哥豆饼儿现在是老大了,他的手里掌控了一杆子人,有蛮牛、二狗、黑猪一伙,都不是好物料,自己学不好好上,总是要打歪主意，狗獾一样，逢着好欺侮的同学，不分男女，都敢下手。对男同学，他们是一个口径——带钱了没有？带了就分出一些，哥们儿手头紧，先用一用。他们向谁张口，谁就得给。不给呢，就是一场折磨，打几拳，抽几嘴巴，还算轻的；重了，就给你喂屎喝尿，谁受得了呀！对女同学，他们不打不骂，也只一个口径，张嘴吃个香香，闭口叼壶嘴儿……"侯红琴说到这里，豆芽儿的头大了，而且发晕，天旋地转的。她制止着侯红琴，不说了，不说了，咱不说了成吗？

虽然嘴里制止着侯红琴不让她说，但豆芽儿心里是承认的，承认侯红琴说得不错，都是事实。后来，她之所以不被狗獾们欺侮，是因为她有一个当狗獾头儿的哥哥豆饼儿罩着，没人敢下手罢了。而别的同学呢？怕就没有这份安全感了。站在她面前，向她凄凄惶惶倾诉着的侯红琴同学，应该就是这样。

豆芽儿恨恨地想着，不想听侯红琴再往下说，可她制止不了侯红琴，侯红琴一刻不停地继续着她的叙说。初说时，侯红琴还只是眼睛略微发红，这时已经有了泪光。侯红琴说："我不怕丢脸，给你实话说了吧，他们都已吃过我的香香了！一个挨一个，你吃了他吃，不晓得他们还要怎样，该不会还要叼我壶嘴儿吧……"侯红琴说着，拉住了豆芽儿的手，完全是一副落水者抓住了一根救命稻草的样子，把豆芽儿的手抓得生疼，她的眼泪也从眼眶里涌流而下。她给豆芽儿说："我怕，怕得晚上做梦，都是他们狗獾一伙吃我的香香，叼我的壶嘴儿。我没有办法了，我只能求你，给你哥豆饼儿说说，他是他们的老大，让他管一管他们，别再找我了，我给他们钱都行，娘亲和爹亲出门打工，是有几个钱的收入的，每个月都会给我寄来一些，我省吃俭用，把余下的钱都给他们。"

眼泪模糊了侯红琴的脸面，她极度绝望地央求着豆芽儿，说：

"成吗，啊？你说呢？"

忍不住，豆芽儿的眼睛也有泪水涌出。

上课的铃声就在这个时候振响了。豆芽儿没注意到，侯红琴也没注意到。直到班上的同学像炸窝的鸡崽，又都从外边涌进教室来，一对对眼睛像看一双怪物似的盯着她们时，她们才似乎有所觉察，双双拉了拉手，这就逆着同学们的脚步，走出了教室，走出了校门，走到了镇街上。

豆芽儿郑重地给侯红琴承诺："谢谢你告诉我这许多事。你把心放宽，我不会让我哥豆饼儿他们再欺侮你了。"

得到承诺的侯红琴，突然就笑了起来，是破啼为笑。她说了："应该是我谢你才对呀。不过，刚才让你见笑了，但你要是觉得好笑，你就笑去吧。不过我还要给你说，我求你帮忙，不只是我一个人的事，许多同学和我一样，都被那伙狗獾纠缠过了。只是她们比我能忍，我忍不住，给你说了，你要不帮我，我也就不想活了。"

豆芽儿伸了手，去捂侯红琴的嘴，说："快别胡说话，好好的，他谁还敢吃人不成。"

侯红琴就再一次激将豆芽儿，问："那你是真心要帮我了？"

豆芽儿抬手打了侯红琴一拳，说："谁哄过你？"

侯红琴就现出了自己平时的顽皮相，说："我还没给你说你哥在哪儿呢。"

豆芽儿就说："那你说呀。"

侯红琴的眼睛便盯住了镇街上的录像放映厅看，说："我不敢保证，但我猜得出来，你哥就在那家录像放映厅里待着，看那些不该看的录像哩。"

震惊和不解写在了豆芽儿的脸上，她问侯红琴："你怎么敢保证呢？"

侯红琴说:"他们也拉过我去呢,我没去,给了他们一些钱。"

六

不需要再深问了,豆芽儿相信了侯红琴的话,她的哥哥豆饼儿一定是待在录像放映厅里的。

对镇街上的录像放映厅,豆芽儿是有些耳闻的,里边既放映血腥的武打片,又放映让人不敢睁眼的激情片。课堂上,老师们也一再宣布,禁止同学们去那里看片子。老师甚至放话说,谁要是不听禁令,进去看了,就开除谁的学籍。

哥哥豆饼儿太胆大了,他咋敢去看录像片呢!

没办法,豆芽儿让侯红琴回学校去上课,她自己决计要到录像放映厅找她的哥哥豆饼儿了。

不找不知道,这一找呢,还真吓了豆芽儿一跳。不是很长的一条山镇小街,有那么多的录像放映厅。从表面上看,这样的录像放映厅还不敢太放肆,大都隐匿在那些小商店、小饭店、理发店或者别的什么小店的背后,让初在街头寻找的豆芽儿很是费了一些脑筋。但是呢,录像放映厅是要揽客的,就不能弄得太隐秘,于是在似隐非隐之中,总是有意无意地要露出一点马脚来。豆芽儿找到的头一家录像放映厅就是这样:前店是个卖羊肉面的小饭馆,外带着还卖荞麦面碗坨和几样下酒的小菜,在旗鼓大张的店门前,不注意观察,是看不出什么名堂的。可是呢,如果生了心,仔细地察看,便能看出不同来。那是因为一个黑色的音箱就戳在小饭馆的门外,不停歇地震响着,吱哩哇啦,其所发出的音量,惊天动地,慑人魂魄,便是毫无经验的初中生豆芽儿,也从那样的声音里听出些蹊跷来了。

豆芽儿专注地盯着那个赃兮兮的黑色音箱,看了一阵儿,正不知该怎么开口时,小饭馆里出来一个人,寡瘦的一张脸,像是吸了鸦片一样,灰黄灰黄的。

这个灰黄着脸的人问豆芽儿:"是吃饭吗?"

豆芽儿回答了他:"不。"

灰黄脸色的人就笑了,说:"那你想做什么?是要看录像吗?"

豆芽儿适时地点了点头。

灰黄脸色的人就在前头走了。豆芽儿紧走了两步,跟在灰黄脸色的人后边,穿过食客稀疏的小饭馆,走进了一个萧条得空无一人的后院子。灰黄脸色的人,对常看录像的人是很熟悉的,他在为豆芽儿领路的时候,嘴巴碎碎的,东问一句,西问一句,也不等豆芽儿回答他,自己就又问到另一个问题上去了。他说:"你是镇上中学的学生吗?啊,我看你是面生的,还没看过录像吧?好了,你来了看一眼,保证你会爱看的。许多像你一样的中学生,起先都还有点儿羞脸,不敢看。可是怎么样呢,看了后,就又来看了。不瞒你说,没有你们这些小青年看录像,我还真是没钱赚哩。"

豆芽儿一句不落地听下了灰黄脸色人的说叨。她得承认这人的坦率,把这样的事都敢口无遮拦地往出说,他的胆子也太大了。要知道,镇子上的派出所、工商所、扫黄办,经常在镇街上宣传,是要坚决打击这些活动的。有许多次,派出所、工商所、扫黄办的人,"送法律知识到学校",也向镇中学的师生宣传了。这个人还敢明目张胆地违抗法律,真是胆大包天啊!

这么想着时,豆芽儿仔细地察看了院落——靠着一边砖墙,种植了丝瓜、南瓜和几株不知名的花儿——那种花儿太红了,红得扎人的眼睛。放在平时,豆芽儿说不定会迷上那些鲜艳的花儿的。可是今天,她的脑子里烧着火,什么丝瓜、南瓜,什么红花、黄花,就都不能迷惑豆芽儿了。她是来寻哥哥豆饼儿的,她全部的关注点都集中在这一处上。

灰黄脸色的人,目不斜视地背对着丝瓜、南瓜和红花黄花,径直走到院落背靠着的说旧不旧、说新不新的几眼砖拱窑洞前。豆芽儿看见,砖拱窑洞的窗子挂着厚厚的黑布帘子,门上也挂着厚厚的黑布帘子。灰黄脸色的人在挂着黑布帘子的门前停了下来,没有立即挑起布门帘,而是转过身来,向跟着他的豆芽儿伸出了一只手。

豆芽儿对此是没经验的,她望着灰黄脸色人的手,不知道他要干什么。

灰黄脸色的人就说话了:"头一回看,给你优惠点儿,掏三块钱来。"

豆芽儿这才明白过来。她的身上是带着几块钱的,听灰黄脸色的人这样说,她就把手摸进装钱的裤子口袋了。就在这时,她却灵机一动,觉得不应该把钱交给这样的地方、这样的人。

迟疑了一小会儿,豆芽儿说:"你让我先瞄一眼,好看了我给你钱。"

灰黄脸色的人,本来是想坚持先收钱的,但看到一脸镇定的豆芽儿,他便改变了主意。他在心里叽咕着:你又没长翅膀,不信你还能飞了去。于是,他就很大方地把黑色厚布门帘揭开一边,让豆芽儿进去看。

刚进到里边,周围都是黑的,豆芽儿只能看见窑垴里的墙上挂着一块不是很大的投影布,强烈的光影打在投影布上,现出一男一女两个黄头发蓝眼珠的西洋人,赤裸了身体,在做豆芽儿想都不敢想的事。豆芽儿迅速闭上眼睛,她感觉得到,她稚嫩的心尖叫起来了!

事后,豆芽儿想起她的尖叫,应该是一溜串的咒骂:太可恶!太无耻！太不要脸了！

那一刻，豆芽儿把她生来学到的恶言秽语，一股脑儿都在心里尖叫着骂了一遍。

在豆芽儿的头脑里，蹦出来的几个字是：黑放映厅！

七

丧尽天良的黑放映厅呀，别说是涉世未深的初中生，便是成年人又能怎么样？在这种淫秽下流的放映之地，不堕落学坏才是怪事呢。

闭着眼睛摇一下头，又摇一下头，豆芽儿使自己尽可能地冷静下来。她没有忘记，她来这样的地方，唯一的目的，就是来找她的哥哥豆饼儿的。因此，她把紧闭的眼睛睁开了一条缝。恰在其时，她的眼睛也初步适应了录像放映厅的黑暗，能够看见坐在里边看录像的人。迅疾地，豆芽儿拿眼睛把在放映厅看得眼睛直了的人扫了一遍，果然如灰黄脸色人说的那样，差不多都是如她哥豆饼儿一样的小青年，个别一些，甚至是比豆饼儿还要小的碎后生。豆芽儿把他们扫过后，没有发现她哥豆饼儿。

豆芽儿的心头就有了一丝放松，有了一些安慰。她但愿哥哥豆饼儿没有看录像。

豆芽儿想着，她是该从录像放映厅里往出溜了。她拧转了身子，才刚掀开黑脏厚布门帘，灰黄脸色的人就嬉皮笑脸迎着她了。问她："怎么样呢，还好看吧？头一次来，再优惠你一点，掏两块钱就只管看了。要吃饭的话，喊一声，我们给你送进来。"

灰黄脸色的人，话是太多了。他甚至没有注意豆芽儿脸上的忧愤和鄙视。他再一次把手伸向豆芽儿讨钱时,被豆芽儿恶狠狠地拨开来,她朝着来时的路径,飞快地向外走去。

豆芽儿走得太快了,灰黄脸色的人跟都跟不上,追在后边喊:"哎哟,你走慢点,听我给你说,后边的录像,还有更好看的,你等会儿看,我给你再优惠点儿,一块钱行吧,保你看过了,以后还会来看的。"

头也不回的豆芽儿,一直出了门,才对撵出来的灰黄脸色的人低吼了一声:"恶心。"

确实恶心,而且是太恶心。不只放映录像是恶心的,就是放映厅的空气也是恶心的。在里边仅站了三两分钟的时间吧,豆芽儿就已充分地体味到了那种几欲使人窒息的空气,太难闻了——既有烟草的气味,也有劣质酒的气味,还有臭脚汗或是别的什么说不清、道不明的气味,混杂在一起,恶浊不堪,再多停一会儿,豆芽儿想她非得被熏晕了不可。

来到大街上的豆芽儿,抬头望了一眼天,她看见天是蓝的,有白色的云朵在天际悠然地飘荡着……应该说,这是一个不错的天气了,阳光明媚灿烂,普照着远远近近的群山和群山环抱着的镇街,豆芽儿的心情,一时变得非常恍惚,自觉还有那么点儿欣喜的味道。

是因为在录像放映厅里没有发现哥哥豆饼儿的身影吗?

如果只因如此,豆芽儿心头的欣喜是保留不了多长时间的。她想起侯红琴给她说的话,还想起侯红琴给她说话时的神情,她相信侯红琴说的是真话。哥哥豆饼儿没在这家录像放映厅,不能说明他不在别家录像放映厅。

豆芽儿压制住自己心里的欣喜,又朝下一家录像放映厅去了。

有了去头一家录像放映厅的经验,在接下来的寻访中,豆芽儿已能很好地控制自己的情绪,并且能够自如地出入那些污秽的地方了。所有的录像放映厅，千篇一律，不是放映带"彩儿"的色情录像，就是放映血腥的恐怖录像；发出的声音也是一样，无非是叫人呕吐的淫声浪语，无非是叫人惊悚的凶杀流血的声音。

在寻找哥哥豆饼儿的过程中，豆芽儿进出了几家录像放映厅呢？她的心里已经有些糊涂，而且更糊涂的是，误闯误进，她竟然还去了几家隐藏得很深的网吧。自然地，豆芽儿在网吧里也仔细察看了，发现上网的也多是小年轻，其中就有她认识的镇中学同学。豆芽儿发现，诡诡秘秘的同学，在网吧搜索的也不是啥健康的东西，有与录像放映厅所放图像差不了多少的影像片子，还有很多文章，描写的也不是啥好东西。

豆芽儿就只有震惊了。

一次一次的震惊，让豆芽儿稚嫩的心慌慌的，不知哪儿是个落处，仿佛被一把无形的铁锤砸着，有种粉碎了的疼与痛。

但在这个阳光灿烂的上午，豆芽儿是什么都不顾了。她觉得自己一下子长大了几岁，身上有了一种实实在在的责任。她必须把哥哥豆饼儿找回来，为了在陈仓城打工的娘亲、爹亲，也为了家里的奶亲和自己。

继续不断地寻找，豆芽儿终于找到她的哥哥豆饼儿了。

像侯红琴说的，哥哥豆饼儿果然混在淫秽血腥的录像放映厅里。和他在一起的，自然还有成了他小跟班的蛮牛、二狗、黑猪他们一伙。不过，放映厅的黑暗，让初踏进来的豆芽儿还看不见豆饼儿他们坐在哪里，她是从他们呼出的气味嗅出来的，豆饼儿他们就在这家录像放映厅里。在初进这家录像放映厅前，豆芽儿仔细察看了外部环境，觉得这家录像放映厅开得比她此前探访的那几家似要明目张胆得多。豆芽儿就想了，这家取名"缘分"的录像放映厅，或者经营方式上是合法的吧。要不，就是他们的后台硬、背景大——他们是无所顾忌的。"缘分"两个大字招牌高挂在临街的窗窗顶上,镶了一圈五颜六色的霓虹灯管,想来到了晚上,会变幻闪烁出迷人的光彩。大门口焊了两个三角铁架子,每个架子上都安放着一个黑色的大音箱,毫无节制地播放着放映厅正在放映的录像片里那些刺激撩人的杂声。贴着三角铁的架子,就是录像片的宣传画了。这些宣传画上,是录像片中最为淫秽、最为血腥的一个又一个瞬间。

心惊肉跳的豆芽儿,看着时心里犯着嘀咕:怎么就没人管一管呢?

心里的嘀咕也只是犯了一下,豆芽儿便一头冲进了放映厅。是啊,经过半个上午的寻找,豆芽儿对录像放映厅里撩人的淫声浪语和惊心的流血打杀,已有了某种抵抗力。他们放映他们的,这些是不怎么入得了豆芽儿的耳朵和眼睛了。

稍微适应了一下录像放映厅的黑暗,豆芽儿就看见了哥哥豆饼儿。是他看录像看得太久了吧,脸色在黑暗中显得特别白。这使豆芽儿感到,豆饼儿的脸像一张与阳世隔绝了很久的鬼面。他的头歪着枕在身边的一个女孩儿肩上,张一下嘴,就由那个女孩儿的嘴磕出一粒瓜子仁,轻轻地吐进他的嘴里……豆芽儿觉得她又一次尖声大叫起来了!

其实呢,这只是豆芽儿的一种幻觉,她并没有尖叫出声。

现场的实际情况,就是让豆芽儿放声尖叫,她都叫不出来的。她看清楚了,豆饼儿头枕着的女孩儿不是别人,竟是她同村同班的好姐妹金巧巧。

轻轻地,豆芽儿呼唤着了:"哎,金巧巧。"

是的,豆芽儿呼唤的声音是轻的,很轻很轻的呢,却丝毫不影响传递的速度,迅速地被金巧巧听到了。金巧巧的第一个反应是用手推开了正歪在她肩上的豆饼儿,她接着给豆饼儿说了句什么,就把腰弯了下去,并且把她的脸,深深地埋在腿间了。

轻轻地,豆芽儿又呼唤着了:"哎,豆饼儿。"

两声轻轻的呼唤,豆芽儿把金巧巧轻唤得埋起了脸面,同样地,也把她的哥哥豆饼儿呼唤得埋起了脸面。

始料不及的是,有两个留着小胡子的年轻人,被豆芽儿从黑暗的录像放映厅里唤得站了起来,向着她围拢过来。他们围到豆芽儿的身边,声色俱厉地警告豆芽儿,想看录像就老实坐下看,不想看了就出去。豆芽儿哪里会听他们的警告,她又轻声呼唤豆饼儿和金巧巧了。

豆芽儿轻唤:"豆饼儿!"

豆芽儿轻唤:"金巧巧!"

可是豆饼儿和金巧巧,仿佛听不见豆芽儿的呼唤似的,在录像放映厅里,努力地埋藏着自己,压根儿不理豆芽儿的呼唤。留着小胡子的年轻人不答应了,一人扭了豆芽儿的一条胳膊,把她完全悬空着架出了录像放映厅,推向了满是泥污的镇街。他们推搡的力量太大了,让豆芽儿收不住踉踉跄跄的脚步,重重地摔下去,趴在了一摊被人踩得污烂的稀泥上,啃了一嘴的泥污。

八

亏得豆饼儿从录像放映厅里跟出来了。

豆饼儿不能再装下去了,他不能听而不闻、视而不见,那样的话,他就不是豆饼儿了。他可以放任自己学坏,忍受自己没出息,但绝对不能忍受妹妹豆芽儿吃亏受罪,而且还是因为他而吃亏受罪。他跟出来了，一出来，就看见豆芽儿被推倒在地上的凄惨样子。

血浓于水，面对这样的境况，豆饼儿心疼了。他飞身过去，把豆芽儿从污泥中扶了起来。

在豆芽儿的记忆里，哥哥豆饼儿没少搀扶过她。起小，豆芽儿腿软，走路爱摔跟头，便是娘亲在、奶亲在，对她的跟头也常是不以为然，甚至还要嘲笑她。哥哥豆饼儿却不，总会仿佛是自己摔了跟头一样，心疼地扑上来拉胳膊抱头的，不遗余力地把豆芽儿搀扶起来。有时，豆芽儿会哭，豆饼儿就替她擦去眼泪；碰上娘亲、奶亲嘲笑，豆饼儿还会为她争上几句。应该说，豆芽儿在成长的过程中，是很享受哥哥豆饼儿的搀扶和支持的，她深刻地体会到一个女孩儿在哥哥跟前的美好。

豆芽儿想过，那时候的豆饼儿更像一个哥哥，而她豆芽儿也更像一个妹妹。

豆芽儿还想过，天下的妹妹，有了哥哥的搀扶，都该有一种倚着靠山般的踏实吧。

把豆芽儿从烂污的泥街上搀扶起来，豆饼儿拉开了架势，指斥两个小胡子，质问他们为什么把他的妹妹推倒在烂泥中。豆饼儿暴怒地吼叫着，他已攥紧了拳头，向那两个小胡子发起了攻击。这时的豆饼儿，一副天不怕地不怕的模样，但他的骨头太嫩了，充其量在初中生堆里算个狠角，面对比他大了几岁的社会青年，譬如眼前这两个小胡子，豆饼儿就什么都不是了，便是拼了性命也不行。

挥舞着拳头的豆饼儿，攒足了力量，才刚挨近两个小胡子，自己的拳头还没有挥出来，就见人家原来静静站立的身体斜了一下，躲过豆饼儿的拳头，回手就是一巴掌，不偏不倚，正好打在豆饼儿的面门上，打得他四仰八叉，翻倒在刚才豆芽儿扑倒的地方。

金巧巧从录像放映厅里出来得晚了一会儿。

跟在她身后的，是蛮牛、二狗和黑猪一伙。

在缘分录像放映厅的门前，他们看到的是满身泥水的豆芽儿，以及仰躺在污泥之中的豆饼儿。金巧巧是一脸的惊惧之色，蛮牛、二狗和黑猪一伙，则摩拳擦掌，很是义气地瞪着眼睛，完全一副玩命的样子，到了却没有一个人跳出来，和两个小胡子动手。气急败坏的豆饼儿从烂泥街上一跃而起，手指着蛮牛、二狗和黑猪一伙，命令他们："都给我上啊！站着看什么，打，打不死人不是本事。"

听了豆饼儿的命令，原来还怒目圆睁的蛮牛、二狗和黑猪一伙，互相瞥了一眼。那一眼太有意味了，瞥过之后，不仅没人上手，他们还都突然地笑了起来。

特别是蛮牛，用手指了豆饼儿，说他一身的臭烂，太可笑了，这个样子，还命令别人上手，你咋不上手呢？

二狗和黑猪也起哄了，给蛮牛帮腔说："你英雄，你能耐，你上啊！咋也不上呢？"

两个小胡子不想在他们的缘分录像放映厅门前弄出别的事端来，就扎起双臂双手，像赶鸭子一样，赶他们走。蛮牛、二狗和黑猪一伙，甚至不等小胡子两人赶，就一人扮了一个鬼脸，朝豆饼儿嘻嘻哈哈乐着，吹起一声尖利的口哨，擦着豆饼儿的身子，摇摇摆摆地走了。

豆饼儿有些发懵，眼盯着渐去渐远的蛮牛、二狗和黑猪一伙，嗓门很大地喊叫起来。

豆饼儿喊："回来！"

豆饼儿加重了声气喊："都给我回来！"

没有人回来。蛮牛、二狗和黑猪一伙，听到豆饼儿的喊叫，甚至连头都没回一下，依然打着尖利的口哨，向前摇摇摆摆地走着……那样一个态度，摆明了是要告诉豆饼儿，你是老大呀！你怎么能败呢？

败得还那么狼狈。既然这样,就不要当别人的老大了。当然,这是一种可能。还有一种可能,就是蛮牛、二狗和黑猪一伙,本就没有把豆饼儿当老大,他们输了豆饼儿一手,暂时把他奉为"老大",他们有耐心等,等着有一天,碰到个更硬的茬儿,让人家把豆饼儿打趴在地上。

豆饼儿哪里受过这样的窝囊气?他不能忍受,咬着牙,从街面上抓了两把污泥,朝着蛮牛、二狗和黑猪一伙走远的方向,徒劳地扔了过去。

豆饼儿在嘴里咒骂着:等着吧,有你们好看的。

九

从录像放映厅里出来,金巧巧不像蛮牛、二狗和黑猪一伙,她没有愤怒,没有笑,也没有走开。她虽然脸上满是惊惧,但更多时候,则更像一个旁观者,静静地看着眼前发生的一切。豆芽儿注意到了,金巧巧脸上的惊惧掩盖不住她眼睛里的冷,黑亮亮的眼珠子,像是冻结在数九寒天里的两块小黑冰,看着什么时,什么就会冰冻起来。

仅半个上午的时间,就发生了这么多事,豆芽儿虽然心里积存下了太多的震惊、愤怒和怨恨,但她,已经不会太冲动了。

而且至为重要的是,她把哥哥豆饼儿找见了。

豆芽儿往哥哥豆饼儿的身边挪了挪,她伸出手来,想要拉一把豆饼儿,拉他回家,她要和豆饼儿好好说说的。她要给哥哥豆饼儿说,咱要学好呢!咱们都还小,前头的路又那么长,咱一步走失了,就不好收回来。照这样下去,能对得起谁呀?对得起咱出门打工的娘亲、爹亲吗？对得起疼爱咱们的奶亲吗？还有自己哩，小小的年纪，可不敢糟踏了。而且是，哪怕向前走的脚步偏了一些，也还不大紧，收回来重新走就是，不信没有一条好路走。

向哥哥豆饼儿伸手的时候，豆芽儿的另一只手也伸出来了。

伸出的这一只手是向着金巧巧的。

哥哥豆饼儿没有接豆芽儿的手，他蛮横地抡了一下胳膊，把豆芽儿伸来的手拨了开来，随之，在满是烂泥的镇街上虎势地跳了几脚，望着背叛了他的蛮牛、二狗和黑猪一伙，撂开大步，紧紧地追了过去。

豆芽儿听到豆饼儿的咬牙声了。

豆芽儿操心着哥哥，在她也要撂开大步向豆饼儿追去时，她伸给金巧巧的手，被金巧巧捉住了。而且，两只手一旦捉了起来，就捉得很紧很紧了。

这是非同寻常的一捉呢。

长在同一个沟河村，又是一起从小学读到中学的好姐妹，姐妹俩的手是经常捉在一起的，让村里的和学校里的人，总以为她俩是亲姐妹，不会闹矛盾，更不会闹别扭。

有人说过她俩的趣话："知不知道，你俩前世可是一奶同胞的姐妹哩。"

她俩又岂能否认，说："我们知道的，前世是姐妹，今世是姐妹，来世还会是姐妹呢。"

然而，好得亲姐热妹的豆芽儿和金巧巧，不知不觉地生分起来了。

事情发生在不久前的一个清早，金巧巧和豆芽儿结伴去学校。一向开朗活泼的金巧巧，在这个清早，显得特别沉默和压抑，一路走着，都是豆芽儿说话，她则默默地听着，不言不语。豆芽儿就很纳闷了，还问金巧巧怎么不说话。金巧巧也不辩驳，唯在脸上露出一点浅浅的笑意。但是，快要走到镇中学的大门口了，金巧巧拽住了豆芽儿的书包带子，说她有话给豆芽儿说。这话在她心里憋了好几天了，再不给豆芽儿说，她恐怕要憋破肚子呢。

豆芽儿是奇怪的，不晓得叽叽喳喳的好姐妹，会有啥话憋在心里，就小有怨气地说："说呀，没谁捂了你的嘴。"

金巧巧却还犹豫着，说："那我真说呀。"

豆芽儿就更奇怪了，说："爱说不说。"

犹豫着的金巧巧死死地拽着豆芽儿的书包带，任豆芽儿挣了几挣，都没挣开。豆芽儿就回了头，去看金巧巧，发现她的脸憋得黑红一片，憋得眼睛里都快有泪溢出来了。看到金巧巧这个样子，豆芽儿就不能如平常那么对待金巧巧了。于是，她把顶在舌尖上的怨气话全都压了回去，很是善解人意地给金巧巧说话了。

豆芽儿说："我听着呢。"

豆芽儿还说："咱俩谁跟谁呢？你就张大了嘴说吧。"

金巧巧这就张嘴说开了。她先贴心贴肺地叫了一声豆芽儿，说："你多好哇，有一个那么蛮霸的哥哥，在学校安全哩，没谁敢打你的主意。我金巧巧就不同了，虽则也有一个哥哥，却一点都不蛮霸，绵软得像个女娃娃，有事给他说，事大事小，他先吓得浑身筛糠，我能指望他甚呀？我只能指望自己了，处处留着心，不知在啥时候、在啥地方，毫无防顾地受人一场欺侮。我是害怕了，怕得不敢来学校。就是夜里做梦，都是那样的噩梦，梦里醒来，总是一身冷汗。"

听着金巧巧的话，豆芽儿的身上产生了一种寒意。

豆芽儿给金巧巧点头了。

豆芽儿说："我哥就是你哥，我给他说，让他也像护我一样护着你。"

金巧巧却摇头了。

金巧巧说:"你把我的话听偏了。我是说,你给你哥豆饼儿说一下,都是一个村子的人,他就不要盯着我了。"

豆芽儿不解地盯着金巧巧看,说:"我不懂……不懂你说的是甚话。"

金巧巧蓄在眼眶里的泪水流出来了,说:"你是不懂,你哪能懂呢?给你敞明了说吧,你哥他欺侮我了,要吃我的香香!"

像是晴天里一声惊雷,炸得豆芽儿头发晕,腿发软,差点跪在地上。

豆芽儿捉住金巧巧的手,震惊万分地问:"你可不敢胡说!这样的事,说差了可不好!"

金巧巧边流泪边说:"你想想,我能胡说?我敢胡说吗?"

豆芽儿就很愤怒了,嘴里"啊、啊"了几声,便就设身处地地宽慰金巧巧了。说我哥害病了吗?他怎么能……怎么能这样呢?

是听出了豆芽儿的宽慰吧,金巧巧情不自禁地小声哭起来了。

金巧巧哽咽着说:"我也是这么想的,你哥他咋能这样呢?"

豆芽儿原来是一只手捉着金巧巧的一只手,现在,她伸出另一只手,两只手合起来,握住金巧巧的手,很是关切地摇着拍着,给金巧巧说:"你别怕,我这就给我哥说去,不信他不是人,恶到你身上了。你等着吧,我要和他撕扯,和他挖抓,要他给我保证,不能欺侮你。"

金巧巧的娘亲和爹亲,年纪大了些,就没如豆芽儿的爹亲和娘亲那样去陈仓城里打工。尤其是,他俩都如金巧巧所埋怨的哥哥一样,也都是心小人,在村子里,见了谁都大气不敢出、小气不敢喘,生怕哪儿出问题,伤了人。对此,豆芽儿是太知道的。作为好姐妹,她这时能怎么办呢?她可是不会食言的。她甚至等不得回了家给豆饼儿说,就在镇中学的校园截住了豆饼儿,声色俱厉地警告了他:"你不能对金巧巧使恶,只能像对待亲妹子一样,对她好!"

豆饼儿天不怕、地不怕,就怕他的妹妹豆芽儿,知道她是个认真人,当面就很负责地应承下来了。

豆饼儿说:"哥听你的,你咋说,哥咋做好吧?"

豆芽儿还要哥哥豆饼儿发誓,豆饼儿就抬起手,在豆芽儿的面前,抽了自己一耳光。

豆饼儿给豆芽儿发誓了:"你给金巧巧说去,我会保证你们平安的。"

豆芽儿听了就很高兴,还给她哥豆饼儿耍了个顽皮的小鬼脸。没有怠慢,豆芽儿把她劝说她哥,以及她哥豆饼儿的表态和发誓都告诉了金巧巧,让金巧巧也难得地高兴了起来。

说得一时兴起,豆芽儿就还极为世故地给金巧巧说:"如今这个世道,要使自己平安,没有一点恶劲儿还真不行。"

对豆芽儿的说法,金巧巧大以为然。

金巧巧欣慰地在豆芽儿的肩膀上敲了一拳,然后捏住了豆芽儿的一只手,紧紧地攥着。这让豆芽儿获得的信息是,金巧巧是赞同她的观点的。

可是金巧巧又得到了什么样的保护?豆芽儿不知道,金巧巧也没有告诉豆芽儿。而且,豆芽儿发现,亲姐妹似的金巧巧从那以后不久,竟毫无来由地生分了她,不和她来往,不和她说话,就是她主动与金巧巧亲近,金巧巧也要设法疏远她,这叫豆芽儿迷惑了。直到这个上午,豆芽儿发现哥哥豆饼儿不在课堂上,金巧巧也不在课堂上。但是豆芽儿还不敢想,金巧巧就是跟哥哥豆饼儿混在一起,躲在那样龌龊的地方看录像。

| 037

这是保护吗?

豆芽儿觉得她的心,像是被醋淹了一般酸涩难受。

十

一场大难堪呢!经历过了,一对往日的好姐妹,心连心地把手又捉在了一起。

蛮牛、二狗和黑猪他们在街角前的拐弯处,一闪不见了。撵着他们而去的豆饼儿,在街角拐弯的地方一闪,也不见了影子。豆芽儿的心,像有一窝蜂在飞,又慌又乱,她怕豆饼儿撵上去,和蛮牛、二狗和黑猪一伙,会有一场血肉横飞的混战。她捉着金巧巧的手,就向豆饼儿他们消失的街角拐弯处撵去。她给金巧巧说:"快!快!咱不能看着他们打起来。"金巧巧听着豆芽儿的话,脚下就跑得快起来了。她俩晓得街角前的拐弯一过就是她们学校的大门,平常日子,便是天塌了、地陷了,在学校门口,她们也不会太惊慌失措。但在今天,她们顾不得了,奔跑得既慌乱,又惊恐。

没有想到,夏奋强老师就站在学校的大门口。从他的神情来看,他并不是无意间站在校门口的,好像是,他在校门口已经站了很长时间了,之所以站在校门口,就是等着失魂落魄的豆芽儿和金巧巧的。

当然了,夏奋强老师在豆芽儿和金巧巧的眼里,是非同寻常的。他从西安的大学来到陕北深山里的中学支教,完全出于一种自愿和义务,就是想把他的所学,很好地传授给山区中学的孩子们。诚实地说,他是做到了。像他带的数学课,在这个山区中学,一直以来都是一个不好克服的难点,换了多任教师,不谓之教学不上心,也不谓之学生不用功，但碰上考试，成绩老是上不来。夏奋强接过了这个烫手山芋，还是那样的数学课，还是那样的学生，结果却大不一样——同学们的接受能力突然增强了，考试成绩一下子蹿上去了。豆芽儿回想过这个问题，回想不明白时，就去认真观察夏奋强老师，发现他那么精神帅气，在课堂上绝不刻意"扎势"——撬开学生的嘴巴，像喂牲口似的，把一个一个的字符变成草料，一把一把地往学生的嘴巴里填。他是特别的，一张笑眯眯的脸上，还带着些许的羞涩和怯惧，在讲台上娓娓道来时，还往黑板上很有条理地"刷刷"写着，讲和写配合得十分默契，再难的题目就都变得不太难了。更为难得的是，在个别同学遇到难解的题目时，夏奋强老师还和学生挤坐在一条板凳上，自己也像个学生一样，与他们一起提问，一起假设，让学生感觉到，他就像个高手的厨师，把所有难解的题目，艰涩也罢，难懂也罢，全都切得碎碎的、揉得绵绵的，只需同学们伸出舌头，轻轻地一舔，就都能轻松地吃进肚子，很好地消化掉。有时，甚至不用舌头，只需鼻子轻轻地嗅一下，就能够很好地吸收并消化知识。

夏老师可是太有趣了。从严肃的课堂下来，他就不是老师了，更像一个学生，常和同学们玩在一起。不能否认，课堂下的夏老师才是可爱可亲的哩。他太爱唱信天游了，一唱就唱《梁山伯与祝英台》：

　　过一道坡，又一道坡，
　　道道坡上石头多。
　　前头大脚扎得稳，
　　后边小脚踏不定。

　　走一道梁，又一道梁，
　　道道梁上大树多。

大树下面乘一乘凉,
小脚大脚相跟上。

过一道河,又一道河,
上河漂下来一对鹅。
公鹅展翅飞过河,
丢下母鹅叫哥哥。

看着豆芽儿和金巧巧跑过来,夏奋强老师挡在了她们的前面。

顾不得其他了。便是夏奋强老师挡在前面,豆芽儿和金巧巧也要绕开几步,从他的身边跑过去,去撵刮风似的跑得远了的豆饼儿和蛮牛、二狗、黑猪他们。但是豆芽儿和金巧巧快速抡摆的胳膊,就在越过夏奋强老师的那一瞬间,各人都有一条,被夏奋强老师张开的大手,铁钳一般紧紧地攥住了。

夏奋强老师是有力的。他拉住了豆芽儿和金巧巧,就问她们:"不在课堂上学习,在大街上乱跑什么?"

呼呼喘气的豆芽儿和金巧巧,刚被夏奋强老师捉住胳膊的时候,都还挣扎了一下,想要摆脱他的手掌。一旦意识到不能挣脱时,她们又都茫然地盯着夏奋强老师看了。她们看到敬爱的夏奋强老师脸上的真诚,以及眼里的真意,很自然地就不挣扎了。并且呢,突然间又变得像两只面临险境的小兔子,愣怔在夏奋强老师的面前,腿脚和胳膊,还有嘴唇和牙齿,全都很没出息地颤抖了起来。

"这是怎么了,啊?怎么了呢?"

剧烈颤抖着的豆芽儿和金巧巧,把敬爱的夏奋强老师吓着了。虽然他还不晓得两个女学生遇到了什么事,但他可以判定,她们遇到的事该是很严重的。他努力地使自己冷静下来,要为两个颤抖的女学生撑腰了。

夏奋强老师说:"告诉我,发生了什么事?"

豆芽儿张开了嘴,却说不出话来,只有牙齿"得得"的磕碰声。

金巧巧也张开了嘴,同样是,嘴里说不出话来,只有牙齿"得得"的磕碰声。夏奋强老师就有些急,给她俩说:"别怕,就是天要塌了、地要陷了,说出来咱们一起解决。"

"哇——"豆芽儿哭了。

"哇——"金巧巧也哭了。

在豆芽儿和金巧巧求学的镇中学门口,两个涉世未深的女娃儿,张大了嘴巴,哭得鼻涕一把、眼泪一把,哭得学校门前的沟河流水和学校后背的苍茫山梁,也跟着颤抖、呜咽起来了。

豆芽儿哭着说:"救救我哥吧!"

金巧巧也哭着说:"救救他们吧!"

断断续续的哭诉连缀起来,让夏奋强老师知道,豆芽儿的哥哥豆饼儿和蛮牛、二狗和黑猪一伙打架了。在哪儿打架呢?夏奋强老师不用多问,心里已经有了底儿。因为此前,他看见了豆饼儿和蛮牛、二狗、黑猪他们,都像刮风一般,向镇街外跑去了。当时,夏奋强老师还喊了他们,让他们回学校去,不要在大街上乱跑。现在,听清楚了事情的严重性,他就不能迟疑,于是带着豆芽儿和金巧巧,向豆饼儿和蛮牛、二狗、黑猪消失的方向追去了。

从西安的大学支教来到山区的夏奋强老师,不敢相信山区中学的教学秩序会是这个样子。他已经观察了好些日子,发现许多同学,人在学校里,心却不知去了哪儿。更有甚者,像豆饼儿和蛮牛、二狗、黑猪一伙,几乎是无法无天,一点儿中学生的样子都没有。对此,学校里的老师,也几乎是睁一只眼闭一只眼,不闻不问,不管不顾,这可怎么得了!夏奋强老师深深地忧虑了。在课余及星期日,他还去了近旁的一些山村，进行家访和社会调查。本来呢，夏奋强还想求得学生家长的帮助，一起促进学校形成良好的风气。可是让他泄气的是，学生的家长，差不多都出门打工去了。

这是个问题呢！对一个如家常便饭那么普遍的问题，来山区中学支教的夏奋强老师能有什么办法？他是什么办法都没有的。在这个日趋严重的问题上，他所能做的，只能是尽最大的努力，使这些问题得到些微的化解。

譬如现在，夏奋强老师带着两个女学生，急匆匆追赶豆饼儿和蛮牛、二狗、黑猪一伙问题严峻的男学生，想制止他们打群架，甚而无法无天，制造别的事端。

但是他们还是晚了些，一场流血的打斗已经在镇街以外的沟河沿上惨烈地展开了。蛮霸的豆饼儿，忍受不了蛮牛、二狗和黑猪的背叛，他追上了他们。可惜不像前次征服几个叛逆者时手里拿着家伙——虽则只是一根粗树枝，也能打得蛮牛、二狗、黑猪膺服了他，甘做他的小跟班。这一回，他手里没有家伙，什么都没有，大概是，他已经不习惯使用家伙了吧。追上蛮牛、二狗和黑猪，他便怒不可遏地与他们肉搏起来。这样的肉搏，结果是可以想象的，转眼的工夫，豆饼儿就被背叛了的蛮牛、二狗和黑猪打趴在地上了。

夏奋强老师和豆芽儿、金巧巧，隔着很远的距离，就已听见了那场短暂打斗的声响，到他们奋力赶到现场时，只见豆饼儿躺在沟河沿，原来光洁的额头上鼓起了一个包，一道血口子汩汩地冒着血，把豆饼儿身下的沟河沿，也染得血迹斑斑了。

豆芽儿和金巧巧哭喊着往前扑……夏奋强老师拉住了她俩，喝止了还欲继续攻击豆饼儿的蛮牛、二狗、黑猪一伙。

夏奋强老师心痛得直吸冷气。

夏奋强老师喃喃地说："怎么可以这样呢？"

夏奋强老师说："可不敢这样了。"

心痛着的夏奋强老师，扑到了豆饼儿的身旁，把他从沟河沿扶起来，掏出自己的一条手帕，小心地捂住豆饼儿的伤口，指斥着蛮牛、二狗和黑猪，让他们帮忙把豆饼儿往镇上卫生院送，好在那里做进一步处理。遗憾的是，蛮牛、二狗和黑猪他们没听夏奋强老师的话，一个个脚底板抹了油的猴子似的，溜之大吉了。

只能由夏奋强老师和豆芽儿、金巧巧送豆饼儿去卫生院了。倔强的豆饼儿还死扛着不去，便是夏奋强老师苦口婆心地规劝，也不答应去卫生院。豆芽儿又流泪了，相跟着的金巧巧也流泪了，两个女娃儿的眼泪，软化着豆饼儿的心，他终于听话地在夏奋强老师和豆芽儿、金巧巧的陪同下，一步一步，去了镇街上的卫生院。

十一

夏奋强老师认为，这样的事情有必要汇报给校长。

在镇卫生院，医生给豆饼儿的伤口做了正规的处理后，金巧巧留下陪着豆饼儿打针，以防破伤风感染。夏奋强老师则与豆芽儿回了学校，去了校长的办公室。

不巧的是，校长正害着牙疼。

夏奋强老师敲开校长办公室的门，和豆芽儿一起站在校长面前时，才发现校长因为牙疼，半边脸已肿起老高，像是与谁闹意见，被人打了几巴掌似的。

夏奋强老师开门见山地说了："校长，有个事得给您说说。"

校长一只手捂着肿起来的半边脸，口齿不清地应着："你说么。"

夏奋强老师就说开了。他是从不断恶化的校风说起的，一层一层地说着，就说到了豆饼儿和蛮牛、二狗、黑猪一伙打架的事。夏奋强老师说得痛心疾首，无限担忧，他说："我们教育的责任，是要每一位学生都能良好地成长。可是呢，事情不是这样，而是向着反面发展，甚至更糟。对这样的问题，我们能充耳不闻、视而不见吗？我们必须承担起自己的责任，对得起自己的良心。"

滔滔不绝地反映着问题，夏奋强老师的心脏几乎要爆炸了。他没有注意，牙疼着的校长皱起了眉头，嘴巴"吸哈、吸哈"地抽着冷气，好像牙比刚才还要疼，疼得他眼睛都闭上了。

夏奋强老师等着校长表态。

校长却一言不发，而是从他坐着的办公桌前站起来，踱到一旁的电热水壶前，拿起一个玻璃杯子，接了半杯白开水，又踱到一旁的矮柜前，摸出一个药瓶来，拧开瓶盖，数着数儿，倒了几粒药片，再摸出一只药瓶，拧开瓶盖，数着数儿，又倒出几粒药片，然后把拧开的瓶盖一个一个地拧了回去，把药瓶归到原来的位置上，等着水杯里的开水晾凉。大概是嫌开水凉得慢了点吧，他就把开水杯子端到电风扇旁边，扭开了电风扇开关，让飞速旋转的电风扇吹着白开水。

夏奋强老师感到了热。

是的呀，天气已是初夏，窝在沟河边的大山洼里，是一日比一日热了。

豆芽儿呢，陪在夏奋强老师的身边，自然也感到了一种心焦难耐的热。

那是因为夏奋强老师和豆芽儿急吧。是啊，他们能不着急吗？却好，碰上一个牙疼的校长，他一点都不急，按部就班地做着吃药的准备。表面上看，似乎不气不恼，不急不躁，其实呢，他的心理随着夏奋强老师的汇报，是在不断变化的，起初他只是心有不满，发展着，变化着,现在已经是很不满,甚至是愤怒了。好在他的"修养"不错,压制着自己的情绪,用倒开水、取药片、开风扇等种种动作,有效地化解着他变得恶劣的心绪,直到夏奋强老师说得口干舌燥,说得没话了,校长才把脸转给他说话了。

校长保持着很好的语气说:"你说完了?"

夏奋强老师却还愤愤不平地说:"我说完了。"

校长呢,就还保持着他很好的语气说:"现在的问题多了,像你说的都对,你不说我也知道,但是你能解决吗?咱是老师,咱教好咱的书就够了,咱还能做什么呢?我给你说,你来学校时间不长,学生们拥护你,说你的数学课带得好,业余的时间,还和同学们一起唱信天游。我没有表扬你,但你得知道,我为你高兴啊!咱们学校,几年中考都'剃了光头',我这个校长当得脸上没光,我就只有牙疼了。你来了,我还指望你给咱学校打开局面,在今年的中考中打一个翻身仗呢。好好干,我支持你……"校长说着,就又疼痛难忍地吸了几口气。

在夏奋强老师支教来的日子里,他每次见到的校长好像都特别容易牙疼。他为什么而牙疼?这夏老师就不知道了。但听了校长这一番表白后,他有了一些了解——校长的牙疼和他的担心,似乎有着相同的原因,这便使夏奋强老师对校长有了好感。不过,夏老师还想,仅有共识是不够的,还应行动起来,把校长牙疼和自己担心的问题一一解决掉。

热水终于放凉了。校长把药片扔进嘴里,喝着凉开水服下去,并且示意,他们的谈话可以结束了。

站在一边的豆芽儿也是有话要说的,就在夏奋强老师无可奈何出门的当儿,她急吼吼地插嘴了。

豆芽儿说:"镇街上的录像放映厅太多了,还有网吧,真是太害人了!"

牙疼的校长抬起眼睛,打量着给他说话的豆芽儿,很有点儿不甚理解的样子。

校长会有什么不理解呢?显然是豆芽儿给他说话的形式和语气了。

校长没有回应豆芽儿反映的录像放映厅和网吧的问题。他对豆芽儿说:"一个中学生,应该知道给老师说话的规矩!"

豆芽儿低下了头。

豆芽儿知道,她给老师说话是要先报告的,何况校长,就更应该报告了。因此,豆芽儿为自己的唐突懊恼着。但她还想给校长强调,镇街上那么多录像放映厅和网吧,是必须管一管的。

豆芽儿把低着的头抬起来,泪光闪闪地看着校长时,校长抬手向办公室门口挥了挥。

校长说:"我知道了。"

十二

见风就长的小鸡崽,才几天时间,就都在院子里自由自在地乱跑了。负责任的老母鸡,眼盯着它的小鸡崽,似乎不想它的小鸡崽乱跑,就一遍遍地追着跑乱的小鸡崽,把它们收拢在一起,拥在它的翅羽下,给它们应该享有的温暖。

心里充满羡慕的豆芽儿,不眨眼地看着幸福的小鸡崽和老母鸡,这就想起她的娘亲了。她不由自主地轻轻叹息了一声。

跟着老母鸡和小鸡崽转悠的奶亲,听到了豆芽儿的叹息。

奶亲说:"是豆芽儿吗?去,给我抓把谷豆来。"

豆芽儿就去抓谷豆了。

奶亲明白她的叹息,她是想娘亲了。如果娘亲在身边,她还会叹息吗?不会的,她不会有叹息。

头上脸上还包着纱布的哥哥豆饼儿,不知他的伤口还疼不疼,这时也随在老母鸡和小鸡崽一边。谢天谢地,许多日子了,这该是个十分难得的一天,奶亲、哥哥豆饼儿和自己在一起,围着幸福的老母鸡和小鸡崽转。听到奶亲让她去抓谷豆,豆芽儿还扫了一眼豆饼儿,想从他脸上知道,他对老母鸡和小鸡崽,可是会如她一样羡慕?

抓来了谷豆,豆芽儿给守着老母鸡和小鸡崽的奶亲递在了手里。当然,豆芽儿没忘给哥哥豆饼儿一点,也给自己留一点。她看着奶亲把接到手里的谷豆,一点一点撒给率领着小鸡崽的老母鸡,又看着老母鸡,一颗一颗地把奶亲撒在地上的谷豆啄进嘴里……老母鸡吃得真是多。看它把奶亲撒的谷豆啄完后,豆芽儿催着她哥哥豆饼儿和自己一块儿把手里的谷豆都撒给老母鸡。还是一颗一颗地,谷豆被啄进了老母鸡嘴里,使它脖子上暂存食物的嗉子由小渐大,大得像是一只葫芦。

吃得很饱的老母鸡,像个富婆一样走得很慢,走上几步,还要停下来,张开翅羽,把它率领着的小鸡崽都扫进来,暖上一阵,然后再走几步,再把翅羽张开来,再把小鸡崽暖一阵……老母鸡牢记它的责任,在用翅羽不断暖着小鸡崽时,还不忘找寻小虫子,找到一条了,就叼在尖尖的嘴头上,喂给一只小鸡崽;又找到一条了,就又叼在尖尖的嘴头上,喂给另一只小鸡崽……奶亲跟在老母鸡和小鸡崽子的后边,老母鸡停,奶亲就停……因为手里的谷豆都喂了老母鸡,奶亲跟着老母鸡和小鸡崽,就显得十分手足无措。

骄傲的老母鸡,才不理会奶亲的手足无措。在它的眼里,小鸡崽就是它的全部了，它要寻找虫子，寻找到很多很多的虫子，喂养它的小鸡崽。

看着这样的情况，豆芽儿的嘴张了几张。显然，豆芽儿张了嘴，并不是要从老母鸡的尖嘴上得到一条虫子。她是想张嘴说话的，给她的奶亲说话。

可是呢，豆芽儿张了几回嘴，都没有说出话来。

豆芽儿想给奶亲说啥话呢？

是说豆饼儿的事吗？是的，她要给奶亲说，豆饼儿不好好读书，逃了学去看歪录像；她要给奶亲说，豆饼儿不在外边学好，欺负人家女孩儿；她要给奶亲说，豆饼儿逞凶斗狠和一帮狗獾打架；她要给奶亲说，豆饼儿再不受约束，怕是要野出大事来的！

然而，豆芽儿说不出来。

豆芽儿知道，她给奶亲说了也是白说。奶亲奈何不了豆饼儿，倒回头来，还要说她的不是，说她的过错。在奶亲的意识里，一切错都与身为男孩儿的豆饼儿没关系，错了，也都是女孩儿豆芽儿的错。

这不是说理的问题，是奶亲浓厚的旧观念在作祟。

满心烦乱的豆芽儿，真不知道该咋办了。

在此之前，豆芽儿在夏奋强老师的陪同之下，给镇中学的校长反映了情况，却一点儿也没引起校长的重视。那么严重的问题，就只一句"知道了"的话，便把人打发了。好像只有他的牙疼，才是天下最大的问题。

给奶亲说呢，又不好说出来。

怎么办呢？心绪烦乱的豆芽儿在想这个问题时，她发现老母鸡很艰难地吐着嗉子里的食物。那是它刚吃进去的谷豆，在嗉子里浸泡了一会儿，现在就很酥软了。它吐出一粒，就把那一粒喂到小鸡崽嫩黄的小嘴里。这时候的小鸡崽都暖在老母鸡的翅羽下，伸出来的就都是一个个等待喂食的小嘴了。小鸡崽有嘴可以给老母鸡张,豆芽儿有嘴该给谁张呢?豆芽儿想起了村主任劳劳子。对,就给他张嘴说么。这么严重的问题,不只有豆芽儿的哥哥豆饼儿,还有他村主任劳劳子的儿子蛮牛呢。给他说了,他不能不管。

主意既定,豆芽儿就又扫了一眼哥哥豆饼儿,她没能从豆饼儿的脸色看到对老母鸡和小鸡崽的羡慕,这使她的主意有了点动摇。因此,在动身前,她很想和她的哥哥豆饼儿说些什么话。

这样的话就在嘴边放着,豆芽儿说:"哥哎,你说咱家漂亮吗?"

哥哥豆饼儿点头说:"漂亮么。"

豆芽儿说:"这可都是娘亲和爹亲的血汗哩。"

哥哥豆饼儿说:"我知道。"

豆芽儿说:"咱们的娘亲和爹亲不在咱身边,咱可不敢给娘亲和爹亲丢脸啊。"

哥哥豆饼儿的嘴张了张,他没有说出话来,倒是奶亲听不下去,截住豆芽儿的话说开了。奶亲说豆芽儿多嘴,你哥哥豆饼儿没你懂事?要你指教他!

豆芽儿还能说啥呢?她不好说啥了,转过脸去,就要从家里出来,去找村主任劳劳子了。

在红漆铁门边上,豆芽儿还是不能忍,回头又给她哥豆饼儿说了一句话。她说:"哥哎,你看老母鸡和小鸡崽,它们多幸福啊!"

说了这句话,豆芽儿就从红漆铁门里出来了。她走在沟河村的街道上。窝在沟河边的村子,是不能像平原上的村子那样有规划地发展的,它只能随山赋形,前前后后,高高低低地建了,便是如此,豆芽儿也感觉到沟河村的变化,不再是千篇一律的土窑洞,而是砖石箍的、贴了瓷片的窑洞了。

可也有不变的。不变的是原来的街巷，曲里拐弯，凹凸不平，到了雨天，就都是一片深没脚踝的泥泞。刚下过一场雨，街道上的路很不好走。深一脚、浅一脚地走着，拐了几个弯，豆芽儿就看见村主任劳劳子的家了。他的家在沟河村该是最显眼的，别人家的新窑洞都不及他家的窑洞高大敞亮，不及他家的窑洞突兀洋气——在一层窑洞上面，又摞了一层。对此，大家是没有意见的，感觉就该如此，谁让他是村主任呢？

要说吧，当个村主任也是不容易的，除了做好自家的事外，还必须做好村上工作。都是些什么工作呢？不外乎计划生育、扶贫帮困、良种推广那样一些事。便是这些，已经够村主任劳劳子受了，都是要尽心尽意地去做的，不敢稍有差池，落下了，就拿不到镇上给他的干部补贴。

总而言之，劳劳子的村主任当得是很负责任的。

那一次，眼镜镇长调查留守儿童的生活情况，劳劳子就很负责地陪同着，把全村的留守儿童家庭都跑了一遍。要过年了，他还别出心裁，把全村父母未能回家的留守儿童都请到他的家里，集体给大家过了个年。

豆芽儿是被邀请的对象，她和哥哥豆饼儿一起去的村主任家。她看得很清楚，劳劳子那天是大破费了，除了端出他家的柿饼、核桃、枣儿以外，还买了大白兔奶糖、熊猫饼干、金丝猴茶酥让孩子们吃。吃了碎嘴不算，还摆大席，让他们上了桌子，七凉八热地海吃海喝了一场。吃喝的时候，劳劳子还表扬了他们中的几个人，豆芽儿是受表扬人中最得宠的一个。

村主任劳劳子说："你们的娘亲、爹亲都不在你们身边，你们不要觉得孤单，有我村主任呢，我会为你们操心的。"

村主任劳劳子那样说着，话题一转，又说："不是过年我不会这么说,你们要对得起在外打工的娘亲和爹亲。豆芽儿就很好,老师说了,在镇中学里,她的学习成绩是你们当中最好的,你们可要向她学习哩。"

在村主任劳劳子家集体过年的小女子小后生儿,当时都鼓了掌……掌声一毕,村主任劳劳子还和来他家过年的小女子小后生儿们玩起了游戏。这是个很传统的游戏哩,村主任劳劳子说他们小的时候都玩过,但是现在的后生儿很少玩了。村主任劳劳子带头玩着,兴高采烈的小女子小后生儿跟上便疯了一样玩起来了。豆芽儿听说这个游戏的名称叫"鹞子抓鸡崽",玩的时候,村主任劳劳子扮作老母鸡,选出一个身强体壮的后生儿扮鹞子,其他小女子小后生儿都是小鸡崽,躲在村主任劳劳子的身后,一个抓着一个的后腰,列成一条长队,在假扮了老母鸡的劳劳子的保护下,与凶恶的"鹞子"百般周旋,躲着"鹞子"的抓扑。豆芽儿记得,那一天被选为"鹞子"的有村主任劳劳子的儿子蛮牛,还有她哥哥豆饼儿。两只凶猛的鹞子前腾后挪,左扑右抓,大家玩闹得喊声一片,叫声一片。

做了"鹞子抓鸡崽"的游戏后,村主任劳劳子还和后生儿大唱信天游。是村主任劳劳子先唱的,他唱的是《毛女观灯》:

我唱正月正,毛女来观灯。
长街市耍龙珍,灯影上闹哄哄。

我唱二月二,二相公来担水。
走一步摇三摇,呼啦啦三两回。

我唱三月三,毛女不耐烦。
手拿上钢钎钎,呼啦啦抽洋烟。

《毛女观灯》是曲流传深远的信天游，村主任劳劳子会唱，豆芽儿他们也会唱。于是，村主任劳劳子起头一唱，豆芽儿他们跟着也唱起来了：

　　我唱四月八，毛女梳头发。
　　头上又梳水磨云，脚扎海棠花。

　　我唱五月五，庄稼汉扛锄头。
　　浑家老小都吃够，悠悠往回走。

　　我唱腊月腊，毛女坐娘家。
　　骑毛驴戴翠花，看一回老妈妈。

信天游唱到了"老妈妈"，呼啦一下，把在村主任劳劳子家吃席的小女子小后生儿都唱哭了。但不管怎样，豆芽儿想起那一天，心里还是快活的，特别是村主任劳劳子带头和后生儿玩的游戏，都因为扮作"老母鸡"的他奋勇保护，没有让一只"小鸡崽"受伤害……现在，想着这并不久远的美好时刻，豆芽儿就很有信心地往劳劳子的家走着，她走着，甚至还兴奋了起来呢，心想她的问题，给村主任劳劳子说了，应该是能解决的。

不巧，劳劳子不在家。

豆芽儿听说了，上头来了技术干部，要在沟河村推广良种土豆种植，村主任劳劳子陪同技术干部上坡下洼到地里去了。

人在沟河村就好。豆芽儿决计要去找一找了。转了半条沟，又翻了半截山，在一个背阴的山洼洼里，豆芽儿找到了村主任劳劳子。果然是，他和上头来的技术干部在一起，指指点点地正说着话。豆芽儿跟在他们身边,听他们说:"就这么定了,沟河村的土地,是适合良种土豆种植的,小片试验,就从这块山地开始。"

决定下这件事后,村主任劳劳子的脸转向了豆芽儿,问:"你来做什么?带头推广良种吗?"

豆芽儿听得出村主任劳劳子的调侃口气,她说:"我有别的事。"

是注意到了豆芽儿沉重的面部表情和言语吧,村主任劳劳子不再调侃了。他说:"别的甚事?"

豆芽儿拽了拽村主任劳劳子的衣袖,把他往旁边拉了拉,说:"你可得管事哩。"

村主任劳劳子让豆芽儿慢慢说,说清楚。豆芽儿便稳了稳情绪,把她哥豆饼儿和蛮牛打架以及不好好学习,勒索欺负同学,钻进镇街上的录像放映厅里没黑没明地看歪录像的事,备细说了一遍。因为说得上心,豆芽儿眼里又水蒙蒙的了。

村主任劳劳子听得还算耐心。

听到最后,劳劳子的眉头拧了起来,他死盯着豆芽儿看,不知她还会说出什么令人惊惧的事情来。直到豆芽儿说完了,不再说了,村主任劳劳子才小心地问:"你说的可是实情?"

豆芽儿水蒙蒙的眼睛,一下子珠泪满溢,滚出眼眶,挂了她一脸。她轻轻地点一下头,就有数不清的泪滴砸在脚下的土地上。

村主任劳劳子也点头了。

劳劳子说:"你哥豆饼儿和蛮牛打得咋样?有谁受伤了?"

豆芽儿没有答话,依然流着眼泪,村主任劳劳子就明白,他的儿子蛮牛把豆饼儿打伤了。于是,他安慰豆芽儿,让她回去,他一会儿到她门上去,看豆饼儿伤得怎样,要不要打针,要不要住院。

村主任劳劳子这么说,豆芽儿是很受安慰的。但她心里还有更大的问题压着,那就是镇街上的录像放映厅和网吧了,那么肆无忌惮地开在镇街上,啥都敢放,这可怎么得了?豆芽儿是这么想的,也就这么给村主任劳劳子说了。

殷勤恳干的村主任劳劳子,对豆芽儿反映的这一问题,显然是束手无策的。他劝豆芽儿回去,把自己的书念好。

豆芽儿还想强调她的意见。村主任劳劳子却已抽身走了。

十三

夏奋强老师被人打了。

也不知道是谁打的。能记起来的是在那个细雨迷蒙的夜晚,夏奋强老师从镇中学的大门里出来,想在夜色里散散步。这是他的一个习惯,无论刮风下雨,只要不是风太大、雨太猛,他都会赶在这个时候,出校门走一走的。他走着,嘴里就还不由自主地哼唱他在陕北唱熟了的《梁山伯与祝英台》:

走一个村,又一个村,
个个村上狗咬人。
不咬前面梁山伯,
单咬我后面祝英台。

走一眼井,又一眼井,
个个井上打水人。
只见过井绳缠辘辘,

没见过辘辘缠井绳。

走一座桥,又一座桥,
个个桥下水滔滔。
对对水鸟水上漂,
咱二人好比鸳鸯鸟。

夏奋强老师就这么心情不错地哼唱着信天游,在这个夜晚走着呢,却走出了问题。他刚从校门口出来,在路上才走了几步,拐过一个墙角,就有飞蹿而出的几条黑影,扼住了他的咽喉,让他喊不出声来,然后拖着他,像拖着一条装满谷豆的布口袋,一直拖出镇子,拖到沟河的一个拐弯处,你一拳、他一脚地暴打着。开始,夏老师还用胳膊左挡一下、右挡一下,而且嘴里还问他们想干什么。人家也说话了,说没别的什么,就是想在你身上练练手。这是什么话呢?练手,一个来到山区中学支教的大学生,又不是沙袋,凭什么拿他练手呢?夏老师就大声地斥责他们了,问他们知道不知道,侵犯他人身体就是犯法。可他的斥责并不能阻止人家的拳脚,相反,好像更加激起了他们的斗志,踢打得就更密集、更狠毒了。

不知是哪一个人,操着本地人的口音,回答着夏奋强老师,说:"咱们干的就是犯法的事,放个录像,开个网吧,碍着你啥事,给电视台反映,砸咱们的饭碗,打你还是轻的呢。咱们不要你的命,只是让你长点儿记性,不该管的事你就少管。"

那人给他说着话,也不知是谁飞起的一脚,重重地踢在了夏奋强老师的面门上,他感到天旋地转,意识像根细软的丝线,慢慢地被人从他身上抽走了。

夏奋强老师昏睡在沟河的拐弯处,是被渐渐下大的雨浇醒的。醒

055

来后，他只觉头疼恶心，想要呕吐，却吐不出来，静静地又躺了一会儿，这才用手撑着泥地，缓缓地站了起来。他张开了口，向着还有灯火的镇街上喊了两声。他想，他的喊声不小了，但却像抛出的两个石块，砸向的只是深邃的夜幕，没有人听得见。摇晃着身子，夏奋强老师就只好自己往镇街上摸了。

浑身泥水的夏奋强老师跌跌撞撞地闯进镇卫生院，把卫生院值班的医生和护士吓着了。大家一拥而上，有扶胳膊的，有搀身子的，把他弄进急诊室，脱了他身上的衣裳，擦了他身上的泥水，不用过多诊断，就很清楚地得出了结论：夏奋强老师被人打了，打得还不轻呢！

豆芽儿是在第二天的课堂上听说了这件事的。

当时，由镇政府倡议，利用课堂时间，向同学们号召，让他们给在外打工的娘亲、爹亲填写心愿卡。

心愿卡的制作真是精美呢。也不知运用了怎样的印刷技术，在手掌大的一张白色硬板纸上，凸印了藤蔓式的花边，上边是一行"留守儿童心愿卡"的艺术字，下边两个角上，是一男一女两个满脸喜气的卡通娃娃。

豆芽儿把心愿卡接到手后，想了一阵儿，却一时不能动笔。她不知道该在上面写什么话好。恰在这时，巡察到学校来的眼镜镇长，进了他们班的教室。带课的老师忙不迭地把眼镜镇长往讲台上请，眼镜镇长摆手拒绝了。他往课桌留出的通道里走，拿眼扫着人手一份的心愿卡。他看到，有些同学已把自己的心愿写在心愿卡上了。

眼镜镇长看见，有同学写的是："我想对娘亲、爹亲说，你们打工辛苦了！"

眼镜镇长看见，有同学写的是："我愿娘亲、爹亲过上幸福快乐的生活，不要外出打工，而是安静地守在家里，守着我们。"

眼镜镇长看见，有同学写的是："同在蓝天下，无论什么样的孩子，无论什么样的人群，都应该互助互爱，共同成长。"

眼镜镇长走着看着，他看见大多数的同学都在心愿卡上写了自己的心愿。这些心愿，有些看得眼镜镇长一脸的微笑，有些则看得眼镜镇长直皱眉头。

要知道，眼镜镇长策划的这一活动，可不是想听大家诉苦的，哪怕是小小的抱怨，也是对他苦心孤诣策划这一活动的讽刺。他的本意是，让留守在家的小女子小后生，通过心愿卡的方式，给打工在外的娘亲和爹亲捎去一份祝福，报去一个平安，说小女子小后生在家乡生活得很好，学习得很好，让娘亲、爹亲们放心，好好在外打工，赚回钱来，建设美好新家园。

老师在发心愿卡的时候，把眼镜镇长的初衷都给大家讲了。但是呢，小女子小后生都是娃娃，听得懂倡导者意图的，就照着那个意图写了；听不懂倡导者意图的，还就依着自己的感受、自己的心愿写了。

很显然，豆芽儿是听懂了倡导者眼镜镇长的意图的，而且她对眼镜镇长的感觉很是不错，他不仅负责着全镇的政治、经济工作，还对留守在家的儿童十分关心。春节前，眼镜镇长深入山村人家，调查留守儿童的学习生活情况，向留守儿童表示慰问，倡导在家过春节的家长，除了与自家孩子团圆，也认领留守儿童去自己家过年。这样的活动，应该是不错的。现在，又搞"留守儿童心愿卡"的活动，让留守儿童与出门打工的娘亲、爹亲，通过一张印制精美的卡片进行情感交流，凭着良心说，也是一个不错的活动。可是呢，豆芽儿有满腹的话要写在心愿卡上，在此时此刻，却一个字都写不出来。

豆芽儿感觉她的心像泡在醋里，酸涩酸涩的。

恰在这时，眼镜镇长巡视到了豆芽儿的身边，她不能再犹豫了，提起笔来，在那个精美得叫人心颤的心愿卡上写道："娘亲啊，爹亲啊,你们知道吗?咱们家的老母鸡孵了一窝小鸡崽,它们是幸福的,我羡慕它们。"

豆芽儿这么写着时,意念中便出现了奶亲照顾的那窝小鸡崽,想象人能如老母鸡和小鸡崽一样生活着,该是多么美好啊!

豆芽儿甚至在心里说:"我们的生活是富足了,可我们还需要温暖,谁来温暖我们呀?"

豆芽儿在心里这么念叨着,竟然感到一丝寒意,是从身子骨冷到心头上的寒意呢!豆芽儿吃惊了,在这个天气大热的初夏时节。

老师让同学们互相交换心愿卡,让大家感受各自不同的心愿。

就在大家相互交换、阅读心愿卡时,豆芽儿收到了一张小纸条。从字迹上看得出来,纸条儿是金巧巧写给她的。

金巧巧在纸条上告诉豆芽儿,夏老师被人黑打了!

十四

是谁黑打了夏老师?为什么黑打夏老师?

豆芽儿人坐在课堂里,心已经飞出了教室,飞到了躺在镇卫生院病房的夏奋强老师身边。豆芽儿不明白,那么好的老师,怎么可能挨了打呢?

他得罪了谁呢?

这么想着时,豆芽儿心里就有些明白,是她敬爱的夏奋强老师把在镇街上开录像放映厅和网吧的人得罪下了。

豆芽儿记得,她给夏奋强老师说了录像放映厅和网吧的问题后,夏奋强老师的反应是强烈的。当时,他的手里刚好拿着一支水性笔,只见他咬牙听着豆芽儿的讲说,手中的水性笔无辜地一声脆响,"咔吧"一下被他捏得断成了两截。

因为有在校长面前受挫的教训,夏奋强老师给豆芽儿说:"这事你说给我就不要再说了,我来想办法,给派出所反映,他们要是还不管,我就到镇政府去反映,不信他们还能肆无忌惮下去。"

夏奋强老师给派出所和镇政府是怎么反映的,人家又是怎样的态度,豆芽儿一概不知。挨了些时日,市上的电视台来了记者,扛着摄像机,把镇街上的录像放映厅和网吧全都扫进了镜头里,并且到镇中学来,找了夏奋强老师,让他对着镜头说了一席话。回去后,即以专题调查的形式,在电视台连播了几天。在电视屏幕上,有画面,有记者现场报道,还有主持人的评论,对镇街上的录像放映厅和网吧进行了无情的揭露和批评。夏奋强老师的形象,也出现在了电视屏幕上,他的表情是愤怒的,言辞更是严厉的。他说了,录像放映厅在阴暗的角落,容留未成年人大肆观看暴力色情影片,这已不是健康不健康的问题,而是彻头彻尾的犯罪。夏奋强老师说到后来,还举起拳头,在空中有力地挥了一下,继续说,对此问题,必须坚决铲锄,决不能姑息迁就,更不能放任自流。

豆芽儿遗憾,那么精彩的镜头,她一概没能看见。

豆芽儿看见的是,在市电视台曝光了镇街上的录像放映厅和网吧的问题后,从县上来了几辆警车,下来了许多"大盖帽",手持手铐,挨门齐户,把所有录像放映厅和网吧扫荡了一遍,缴获了一大批录像放映器材和电脑设备,堆放在镇街上,着人找来两个十八磅的大铁锤,大家轮换着,把那些录像放映器材和电脑设备,一件一件,砸了个粉碎。

这样的场面,豆芽儿看得既解气,又舒心。她记得,镇街上围了许多人,有学生,有山民,还有配合行动的派出所民警和镇政府的干部。

眼镜镇长当时就在现场,不晓得他是激动,还是别的什么原因,那时的他,可没有深入留守儿童家庭及在镇中学的教室里开展留守儿童写心愿卡活动时那么从容。其时的他,脸色像多变的霓虹灯,一会儿红,一会儿蓝,一会儿白,总之,一脸的不自然。

上边组织的打击活动,像三伏天的雷阵雨,来得快,去得也快。

去了几个日头,夏奋强老师就被人黑打了。

这是不需要多想的,肯定是录像放映厅和网吧经营者报复了。因为他们知道,是夏奋强老师写信给市电视台的热线中心引来采访的。而且,夏老师还不知回避,亲自上了镜头,以一个人民教师的身份,狠揭痛批非法录像放映厅和网吧的危害,还强调了坚决打击的必要性。

攥着金巧巧传来的纸条儿,豆芽儿感觉它像一根尖利的针,扎得自己的神经疼。

好不容易挨到下课,豆芽儿飞身走出校门,走过喧嚷的镇街,到了卫生院,打听着夏奋强老师的病床,走到了他的床头边。

忍不住,两股热辣辣的泪水倏忽挂在了脸颊上。

豆芽儿说:"他们打你了!"

头上、身上,几乎裹满了纱布的夏奋强老师,给来看他的豆芽儿挤了一丝笑意。

夏奋强老师说:"只要取缔了那些非法录像放映厅和网吧,我挨一点打值得。"

豆芽儿声音颤抖地说:"咱不能白挨打。"

夏奋强老师说:"是哩,咱是不能白挨打。"

豆芽儿说:"那你给派出所说了吗?"

夏奋强老师说:"说了。"

豆芽儿说:"那你给镇政府说了吗?"

夏奋强老师说:"说了。"

豆芽儿说:"那他们管吗?"

挨了暴打的夏奋强老师,在和豆芽儿一对一的对话中,脸上挤出来的那丝笑意,一点点地消失着,消失殆尽后,就又是一脸的茫然了。

恰在这时,依然牙疼的校长,用手捂着有点发肿的脸,走进了夏奋强老师住院的病房。和校长一同进来的,还有豆芽儿从没见过的两个人,他们一人怀里抱了一束鲜花,一人手里提了两盒礼品。

校长还记得豆芽儿,一进病房,就把豆芽儿支出去了。但是豆芽儿没有走远,她站在病房门外,听校长给夏奋强老师介绍:"这两位是县教育局的领导,他们看望你来了。"校长的话音一落,来人就是一番热情的问候。豆芽儿想得出来,来人把他们捧来的鲜花献给夏老师了,同时也把提来的礼品交给夏老师了。

夏奋强老师也对来人表示了谢意。他说:"领导那么忙,还来看我,真是不好意思。"

周到客气的问候一结束,病房里安静下来了。那样的安静是怕人的,有种无处着落的心慌。这么安静了一小会儿,还是校长说话了。

校长给夏奋强老师说:"鉴于你目前的情况,组织上决定,你的支教任务到此完成了。"

十五

逐客令!这个在中学课本上学到的词儿,像三颗尖利的钢钉,牢牢地锲进豆芽儿的脑子里了。这可不好,夏奋强老师有什么错吗?

时间没到，就撵人家走，有这样的道理吗？豆芽儿想不通，便只有悲凉了。

躲在卫生院病房的门外，豆芽儿听到校长说出那句话时，她真想闯进去，和校长讲理，但她控制住了自己，没有贸然闯入，而是悄悄地退出卫生院，想着她该去找眼镜镇长的，给他说说，不要撵夏奋强老师走。

已经走到镇政府的门外了，豆芽儿却没有进去。她感到自己的单薄，就又转过身，移脚动步，回到镇中学。她把想法告诉了好朋友金巧巧，两个人一拍即合，决定双双到镇政府去，向眼镜镇长求情，希望他能帮忙，让夏奋强老师不要走，留下来，带好他们初三年级的数学课。

马上就要中考了，夏奋强老师的数学课是个关键哩！

主意这么定下来，豆芽儿和金巧巧便结伴而去了。走到学校门口，又遇见了侯红琴。她们和这个原本不怎么亲近的同学，因为近来的一些事情，一下子走得近了。侯红琴问豆芽儿和金巧巧，你们一脸的诡秘，是要干甚去呢？豆芽儿和金巧巧就告诉她，说是校长他们要撵夏奋强老师走，她们去镇政府，要找眼镜镇长，求他帮忙，留下夏奋强老师。

没有犹豫，侯红琴自觉和豆芽儿、金巧巧走在一起，向镇政府走去。

三个初中生对眼镜镇长的印象是不错的，他在春节前深入农家小户，走访留守儿童的情况，鼓励有条件的家庭认领留守儿童回家过年……这一切，给她们留下了非常深刻的印象。便是前些日子，眼镜镇长还亲自到学校来，组织中学生给出门打工的娘亲爹亲填写心愿卡……种种迹象表明，眼镜镇长是关心她们的，她们有困厄，不去找眼镜镇长，还能去找谁呢？

三个初中生把全部的希望都寄托在眼镜镇长的身上了。

在装修得颇为豪华的镇政府大门口，满腹心事的三个初中生被看大门的人叫住了。

看门人喊："哎哎，干甚呢？"

这位看不出年龄的人，问的是一句多余话。干甚呢？来镇政府还能干甚？能是逛庙会吗？三个初中生异口同声地回答了他："找人。"

看门人问："找谁呀？"

看门人显然是喝了酒的，猪肝色的一张脸，还腾腾地冒着酒气，三个初中生看了，心里不免有些厌恶，可她们不敢表露出来，只说："找镇长。"

看门人问："找哪个镇长？"

三个初中生说："眼镜镇长。"

看门人乐了。在他的生活经验中，铁打的衙门，流水的官，镇政府的镇长几年换一茬子，现在就有九位，侯镇长、朱镇长、苟镇长……一串子的镇长，哪位是"眼镜镇长"呢？看门人摇头摆手，说这里没有眼镜镇长。

三个初中生急忙辩白，说："怎么能没有呢？前些日子还到中学动员大家填写心愿卡的。"

看门人不知道啥是心愿卡，很坚决地把三个初中生挡在镇政府的门外，让她们不要胡缠，并肯定地说："这里没有眼镜镇长。"

和看门人是说不清了，豆芽儿带头，三个初中生要往镇政府的院子里闯了。这是个办法呢，豆芽儿在前边冲，看门人去拦她，金巧巧和侯红琴躲开来，分别从两边往镇政府的院子里冲。看门人放开豆芽儿，又去阻拦金巧巧和侯红琴，豆芽儿却趁机蹿了进去。看门人失了急，放开金巧巧和侯红琴，跑进院子去追豆芽儿。结果，金巧巧和侯红琴也都跑进了院子。看门人没有经过这样的事，顾此失彼，在院子里没头苍蝇似的瞎追乱跑，一会儿追豆芽儿，一会撵金巧巧，一会扑侯红琴，把他追扑得头上直冒汗，呼呼吹出的热气，酒味儿就更大了。

看门人终于意识到，凭他一个人，是奈何不了三个初中生的，于是，他张口吼起来。他的声音大得像驴叫："出去！出去！还中学生呢，干脆一伙野女子。"

大概镇政府的工作人员大都正在午睡吧，空无一人的院子，就只有看门人的吼喝声和三个初中生的脚步声了。

贴了白色瓷砖的办公窑，都是朝着向阳一面的，窗子和门并排而立，外边还有一条长长的走廊。号吵着的看门人和豆芽儿她们，发现有一扇窗子，被人从里边推开了，紧接着，两扇三扇的窗子哗啦哗啦被人推开，探出一颗一颗的脑袋，看着院子的热闹。他们的神态各不相同，有恼怒的、有犯困的，还有兴灾乐祸的，这一切都很清晰地映入豆芽儿、金巧巧、侯红琴的眼睛里了。她们跟看门人像美国卡通电视片《猫和老鼠》里的猫鼠一样，追扑躲避着，吼喊啸叫着。豆芽儿、金巧巧和侯红琴，原来是无意引起这样的骚动的，可是她们的无意却收到了别样的效果，干脆把无意变成有意，引起镇政府工作人员的重视，或许能让她们顺利见到眼镜镇长。他在吗？豆芽儿、金巧巧和侯红琴从那一颗颗探出窗口的脑袋里寻找眼镜镇长，却意外地发现，在那些未打开的玻璃窗后，也都躲着一颗脑袋，把眼睛贴在窗玻璃上，诡秘地窥视着院子里的动静。

猫和老鼠的游戏，仍在看门人和豆芽儿、金巧巧、侯红琴之间上演着，有一扇紧闭的窑门打开了，从门里走出来的正是眼镜镇长。

豆芽儿眼尖，先看见了，因为情急便喊了起来："眼镜镇长！"

金巧巧、侯红琴也像遇到了救星,急切地喊了:"眼镜镇长!眼镜镇长!"

围追堵截的看门人,听到三个初中生热辣辣的叫喊,便停止了他的拦堵,面向一步步走来的眼镜镇长,像是一个犯了错误的小学生一样,尴尬地苦笑着。

探在窗口上的脑袋,一颗一颗全都缩回去了,便是隐在窗玻璃后的眼睛,也都退缩得没了踪影。眼镜镇长是年轻的、阳光的,他昂首挺胸,很有干部样儿地走到三个安静下来的初中生跟前,问她们有什么事。

因为激动,三个初中生一时有些语塞,你看着我,我看着你,然后又低一下头,抬一下头,心怯怯得说不出话来。

倒是眼镜镇长记性好,他说他见过豆芽儿,并问她是沟河村的吧。

这样,豆芽儿便带头说话了:"夏奋强老师被人打了!"

眼镜镇长说:"我知道了。"

豆芽儿就又说:"夏奋强老师挨了打,不把打他的人揪出来,却要撵他走,我们不放心。"

眼镜镇长诧异了,说:"你们不放心?"

金巧巧、侯红琴便插进话说:"是哩,我们不放心。"

眼镜镇长就神情严肃地告诉三个"不放心"的初中生,让她们尽管放心好了。眼镜镇长说:"你们的职责,是把学习搞好,其他事情,有镇政府哩,我们会全力安排好的。"眼镜镇长这么说,豆芽儿知道她们没有把话交代清楚,先说夏奋强老师挨打要抓凶手,其实只是一个引子。她们来找眼镜镇长,是还有诉求的,是想要留下夏老师,给她们把初三年级的数学课带下来。

豆芽儿就把脸对着眼镜镇长,说:"我们不放心的是我们的学习,眼看要中考了,夏奋强老师带的是数学课,他们撵他走了,谁带我们数学课呢?"

金巧巧和侯红琴跟着豆芽儿也说:"是哩,谁给我们带数学课?"

眼镜镇长还算有耐心,认真地听了豆芽儿她们的叙述,安慰她们:"去念你们的书吧,我问一下学校,看他们怎样安排。"

还有什么要和眼镜镇长说呢?三个初中生你看着我,我看着你,低下头去,又抬起头来,眼望着眼镜镇长,不约而同地鞠了一个躬,说了声谢谢镇长,就转身出了镇政府的院子。

她们听见眼镜镇长对着她们的后背还说了一句话。

眼镜镇长说:"看望夏老师去了吗?告诉他,镇上的安定团结,是要顾及的呢。"

十六

安定团结,什么意思呢?三个初中生并没有多想。她们当时都沉浸在勇闯镇政府的喜悦中,感觉那对她们来说,不啻一种精神鼓励。也就是说,连镇政府她们都敢闯了,还有什么门不敢进呢?

前面就是镇派出所,有点儿萎顿的大门外,却威风凛凛地停着两辆警用摩托车。豆芽儿她们走过这里时,没有怎么想就走过去了,走了几步,却不约而同突然想到,不妨拐进派出所里去,问一问夏奋强老师被打的案情,或许能安心一些。于是,豆芽儿、金巧巧和侯红琴相互用眼神交流了一下,立即转过头来,走进了派出所大门。

值班室里的几个人,有穿警服的,也有没穿警服的,他们正在打扑克牌，打的是哪种牌路，三个初中生看不懂，只见几个打牌的人，脸上都贴着纸条，白花花的，像是戏台上戏子挂着的假胡子，又喊又叫，骂骂咧咧，打得不可开交。豆芽儿她们等了一会儿，看他们打完了一局，这才大着胆子问话了。依然是豆芽儿先开的口。

豆芽儿说："我们是镇中学的学生，想问打夏奋强老师的凶手抓住了吗？"

打牌的人中，有个脸上纸条贴得特别多的人，一把揪下脸上的白条子，看了一眼站在值班室门外的三个初中生，也不回答她们的问题，侧过身子，只想离开值班室。可他没有走成——早有和他打牌的人，抓着他的衣襟，要他清了账再走。

抓他衣襟的人指派其他人说："数一下，所长从脸上揪下多少纸条。"

数纸条的人就说："不多不少，刚好十条。"

抓他衣襟的人说："好啊，所长你不要赖账，输就输了，放干脆点，掏钱出来。"

被称为所长的人却不认账，说他们设局捉他，他不能掏钱，有钱也不掏。事情眼看僵在了那里。豆芽儿、金巧巧和侯红琴，你看看我，我看看你，低下头，又抬起头，实在不知道怎么说好了。再看为了打牌输赢还纠缠在一起的所长他们一伙，三个初中生认识到，任凭她们在派出所里要问什么，都是得不到回答的。

无可奈何，豆芽儿她们打算离开派出所了。但她们觉得不能就这么离开，就给纠缠不清的几个人说："夏奋强老师是为举报录像放映厅和网吧的问题被打的，我们学校的学生都知道，就看你们派出所怎么办了！"

这几句话说得太解恨了，豆芽儿她们往出走的脚步，踩得就很响。可是她们没有料到，值班室打牌玩的人，包括被称为所长的人，都大声野气地笑了起来,那样的笑声,很自然地淹没了豆芽儿她们的脚步声。

有什么好笑的呢?豆芽儿她们是想不通的。

后来呢,便是她们回到了镇中学,仍然想不通,派出所值班室里的人为什么笑。总之,那样的笑,让她很不快活,很不舒服,甚至很是厌恶,很是鄙薄了。这么想着时,三个初中生竟也毫没来由地笑了起来。

这样的笑是太浅了。没有怎么笑出来,就已突然地刹了车,那是因为她们看见,刚才还在派出所打扑克牌的几个警察从镇中学的校门里进来了。他们去了校长办公室,只一会儿的工夫,就押着一个人出来了。豆芽儿看得清楚,那个戴着手铐、头上脸上还扎着纱布的人,就是她的哥哥豆饼儿!

豆芽儿脸上浅浅的笑意僵住了,一会儿便梨花带露似的,全是悲怨的泪水了。

豆芽儿不知道金巧巧和侯红琴尖叫了没有,总之,她听见了自己的尖叫,是打心里尖叫的:"不!"

中篇　拐　喜

一

总犯牙疼的校长,让豆芽儿没法看得起他了。

不仅是豆芽儿,还有和豆芽儿相好的侯红琴和金巧巧她们,都很看不起牙疼的校长了。镇街上的录像放映厅不干净,镇街上的网吧也不干净,他睁着眼睛却看不见。给他反映,还把他烦得犯牙疼,挨到别无办法的时候,竟在那天清晨的早操时节,跟着镇中学的学生们,一起跑了步,做了广播体操。就在执勤老师喊着口令,将要解散队列,让学生们回教室去学习的时候,因为牙疼而脸腮肿胀的校长捂着脸,走到了初三年级队列的前边,用眼睛把大家都看了一遍,突然双膝一软,就跪在同学们的面前了。

现场所有的师生,在校长跪下来的一瞬间,都惊得目瞪口呆。有那么几秒钟,操场上鸦雀无声,好像没有人存在。

不知是哪位教师先醒过神的,跑到校长的身边,扶着他的胳膊,想把他拉起来,却被他胳膊一挥拨到了一边。

跪在学生面前的校长,满眼含着泪光,说自己无能,只有求同学们不要再玩闹,好好学习,别把学业耽搁了。

应该说,校长说得没错,他们这个镇中学,这几年参加县上的中考,没有一次不被"剃光头"的。他这个校长当得脸上无光,可他给学生们下跪,这个问题就能解决了?别人怎么看,豆芽儿不知道,但她认为,这是解决不了问题的。

学校的风气不好,不仅是学校的问题,社会上的责任也不小。

豆芽儿想起了镇街上的录像放映厅，还有网吧什么的，都是害人的地方啊！她的哥哥豆饼儿迅速地堕落学坏，被派出所拘留处理，这些个肮脏地方难脱干系。哥哥豆饼儿欺侮同学、逃避学习，豆芽儿去录像放映厅和网吧找他，见识了那些地方的丑恶。他们放的都是啥片子嘛，这一家是血腥的打斗，那一家是色情的引诱，在这样的场合里，谁能不学坏？豆芽儿把她发现的问题，给校长反映了，可校长除了牙疼，没有任何反应。

校长给学生下跪了，他这不是教育学生，是在逼学生呢。

静悄悄的操场上，不知校长跪了多长时间，在操场上站着的豆芽儿，只觉得自己的脸特别烧，像是被人打过耳光一样，火辣辣地烧着，竟也有一种隐隐的疼痛感。

那个时候，豆芽儿想起了她的哥哥豆饼儿，不晓得他在操场上，看到下跪的校长，脸上可也会烧得疼？豆芽儿想不出来，再去看跪在同学们面前的校长，发现他已被围上来的教师们拉起来了，而站在操场上的同学们，还都静悄悄的，没人动，也没人说话。

豆芽儿也还想起了蛮牛、二狗和黑猪，这几个原被哥哥豆饼儿打服了的家伙，如今又反水了。他们反水后的目标，首先就对准了豆芽儿。就在几天前，他们把豆芽儿劫到一个山洼里，极尽戏弄和耍笑。那时候，豆芽儿还有幻想，幻想她的哥哥豆饼儿能够救她。可是蛮牛、二狗和黑猪告诉豆芽儿："别有幻想，你哥哥豆饼儿废了，没有用了，现在能救你的，只有你自己了。"

听蛮牛他们呼吼，豆芽儿泄气了。

而蛮牛他们的呼吼还在继续，说："你哥哥吃了多少人的香香，你不知道吧？你哥哥叼了多少人的壶嘴儿，你不知道吧？给你说呢，你哥哥以后可没这福气了，他现在就只有在录像放映厅看人家吃香香、叼壶嘴儿。"

这样恬不知耻的呼吼，让豆芽儿只有伤心难受了。

在那个荒僻的山洼里，豆芽儿知道她是无处可逃了。而且她想，她被蛮牛、二狗和黑猪吃了香香、叼了壶嘴儿，也是为她的哥哥豆饼儿赎罪呢。这么想着，豆芽儿不挣扎了，也不呐喊，静静地站着，闭上眼睛，任凭几个野獾大吃她的香香，大叼她的壶嘴儿。

啊！赎罪！

哥哥豆饼儿做恶，妹妹豆芽儿赎罪。

忍无可忍的豆芽儿哭起来了。

豆芽儿想她是不会哭的，她却无法忍受地哭起来了。在这个静悄悄的操场上，豆芽儿的这一哭，让许多惊得呆愣的同学都跟着她哭起来了。豆芽儿从那杂乱的哭声里，听出了侯红琴和金巧巧的哭声，和她一样，是非常压抑非常痛心的那样一种哭声。

早上的两节课，豆芽儿几乎是含着泪听下来的。

豆芽儿仔细地看了同在一个班上的侯红琴和金巧巧，发现她们和她一样，也是含泪听课的。她们之所以眼里有泪，是因为校长清早的那一跪，把她们心里的一个秘密激活了。那是个让她们心惊肉跳的秘密呢——校长给他们学生跪下了，这能说只是校长的无能吗？

问题不会这么简单，接受了校长下跪的学生，有一部分会收敛一些，好好学习。还有一部分还会嘲笑校长，甚至更加不把学习当事儿，继续疯玩疯闹，如豆芽儿的哥哥豆饼儿，还有蛮牛、二狗、黑猪他们……就在两天前，与豆芽儿情同姐妹的金巧巧，找到豆芽儿给她说："你哥豆饼儿记吃不记打，从派出所出来安然了几天，就又缠我了，要我陪他去看歪录像。你说我能去吗？我不能去，又奈何不了他，你说咋办呀？"

这个问题太严重了。豆芽儿为金巧巧忧愁着，却也毫无办法。

被铐走的哥哥豆饼儿，在派出所被关押了五天。豆芽儿天天去看他，给他送吃送喝，总是牙疼的校长也去了……学校开除了豆饼儿，这也是一种处理吧，牙疼的校长当时给送吃送喝的豆芽儿说："学校处理了你哥，不是对你哥的惩罚，而是对你哥的保护，你知道吗？不然，你哥可是要被送劳教去呢……"果如校长所说，豆饼儿没有被送去劳教，他被放回来了。对此，豆芽儿不知她是该感谢校长呢，还是该埋怨校长。对这一切，豆芽儿在哥哥豆饼儿回家以后，都不怎么去想了，她唯一想着的，就是离开家乡，到城里找娘亲和爹亲去。她把这个主意说给了金巧巧，几乎不假思索地，金巧巧便投了赞成票。

金巧巧比豆芽儿似乎更坚决，她说："对呀，咱们一起去，去找咱们的娘亲。"

金巧巧赞成着豆芽儿，接下来便说了她的身世，以及她生身娘亲和爹亲的事，这让豆芽儿吃惊不小。关于金巧巧的身世，同在一个村子里，豆芽儿是有耳闻的。这村子里金巧巧的娘亲、爹亲，的确不是她的血亲父母。她自幼生活在他们身边，其实是很无奈的事情。她的养父母的性子绵、没胆气，一直窝在沟河村，没敢到城里去打工，那她到城里找哪一个娘亲和爹亲呀？

显而易见，金巧巧要去找她生身的娘亲、爹亲呢！

惊讶着的豆芽儿，虽然知道金巧巧的出身，但还是对金巧巧发问了："你说……你也进城找你娘亲、爹亲？你的娘亲、爹亲不都在沟河村里吗？"

金巧巧凄然地笑了一下，说："你又不是不知道，咱们还打那个马虎眼儿干啥嘛？"

三言两语的，金巧巧和豆芽儿，把金巧巧在沟河村里寄生的实情挑明了。这让两个好姐妹的手拉在了一起，又说起校长给她们学生下跪的事儿……这是个逼人的事儿呢，好姐妹说着，就把出走的主意拿定下来了。

二

  藤编的背篓里塞满了柴火，豆芽儿背着，从沟河村后山的羊肠子路上，转了一道弯，又转了一道弯。兜兜转转的，不是她转到自家的红漆铁门前，把背上的背篓卸下来，谁会看见是豆芽儿在背柴呢？藤编的背篓太大了，塞的柴火又太满了，不注意看，还以为是藤编的背篓生了两条腿，自己在弯弯曲曲的山路上移动哩。卸下藤编的背篓后，这就看见豆芽儿了。她是太像她的娘亲了——圆圆的脸蛋，圆圆的眼睛，圆圆的小嘴，还有鼻子和耳朵，都透着一个读着初三的女娃儿的美好和鲜艳。

  奶亲也说了，豆芽儿呀，你生得太像你的娘亲了。

  豆芽儿呢，相信她是生得像她漂亮宜人的娘亲的。可是她和亲爱的娘亲，却隔着山，隔着水……她的娘亲随着爹亲，也到山外的陈仓城打工去了。陕北山地里的沟河村，家家户户一个样儿——翻得过山的人，无论男女，差不多都到山外打工去了。留在村子里的，不是豆芽儿这样的小后生小女子，就是奶亲这般的老人了。但这并不妨碍沟河村的发展，譬如豆芽儿的家，过去的泥坯土窑，如今续上了砖石的接口，墙面砌了瓷片，窗户上镶了玻璃，比起原来的泥坯土窑来，要多气派有多气派，要多亮堂有多亮堂……而且，沟河村不只豆芽儿一家箍了新窑，许多人家都箍起了新窑。整个沟河村，几年的光景，旧貌换新颜，很有一些新农村的气象呢。

  但是哥哥豆饼儿出事了。他是因为寻衅滋事被派出所抓起来的。

哥哥豆饼儿之所以没有被送劳教，校长的努力是一个方面；在陈仓城打工的娘亲听到消息后，回家来使了不少钱，是另一个方面。娘亲这次回家，给豆芽儿带来一张彩色照片。照片背景是一尊巨大的青铜鸡婆，娘亲穿着一身紫色的裙装，站在青铜鸡婆前的草坪上，满面的春光，满眼的喜气……娘亲给豆芽儿说，谁心里高兴了，就可以到青铜鸡婆的跟前来，说给青铜鸡婆听，与青铜鸡婆一起分享；心里忧愁了，也可以到青铜鸡婆的跟前来，说给青铜鸡婆听，让青铜鸡婆一起分担……娘亲说她到青铜鸡婆跟前来，是为豆芽儿祈福的，希望青铜鸡婆保佑她的豆芽儿，永远是个幸福快乐的女孩儿！

豆芽儿得到了娘亲给她的彩色照片，她是高兴的，她多想娘亲就这么陪着她成长，别离开她。可是娘亲回家来没待几天，就又走了。送娘亲从沟河村离开，豆芽儿陪在她身边，走了一程又一程，豆芽儿真想就那么跟着娘亲，一直地跟下去，离开沟河村，到娘亲打工的陈仓城里去。为此，豆芽儿还大着胆子，问娘亲了。

豆芽儿问："娘哎，陈仓城里的学校好吗？"

娘亲说："我看了的，那儿的学校确实是好。"

豆芽儿说："那我……"

豆芽儿的半句话还在舌尖上挑着，就被娘亲挡了回去。

娘亲说："他们的学校好，咱没钱也是枉然。你不知道，陈仓城的好学校，都是家长大把大把的赞助费堆起来的。"

豆芽儿还能怎么办呢？娘亲、爹亲两个打工的乡下人，用力气在城里刨生活，他们跟她一样没有办法。

豆芽儿放走了娘亲，但从那个时候起，离开家乡学校，到陈仓城里去读书的念头，就一刻都没有灭过。校长的一跪，是最后的那一根草，逼得豆芽儿是一定要走了。

全知全能的青铜鸡婆是陈仓城的城市徽标，更是娘亲他们这些在陈仓城里打工的人心头上的仙鸡了。

娘亲的彩色照片就装在豆芽儿的贴身口袋里。她感激娘亲,就更想念娘亲了。而且,她像想念娘亲一样,也想念着那只青铜鸡婆。

不仅豆芽儿想念着在陈仓城打工的娘亲,便是瞎眼的奶亲,也该是想念着她自己的娘亲。在豆芽儿把满背篓的柴火背进家的时候,奶亲正在院子里撵着一窝小鸡崽,一把一把地撒着谷米,招呼小鸡崽啄食。

奶亲招呼小鸡崽啄食谷米时,嘴里还漫着她的花儿:

> 甘州城有座铁打的桥哩,
> 白塔上有座砖砌的庙哩,
> 陈仓城有俄(我)的扯心哩,
> 沟河村有俄(我)的根苗儿哩。

奶亲的娘家在遥远的甘州,与她后来生活的陕北相隔千里。奶亲嫁到陕北的沟河村来并不是自愿的,而是被人贩子弄到这里来的,来了之后,就再没能回去过。奶亲想念她甘州的娘家,想得心里难受,就要在嘴里漫他们甘州的花儿。固执的奶亲,生活在陕北的沟河村,耳中听到的都是信天游,但她绝对不唱信天游,只漫她的甘州花儿。

春末孵的那窝小鸡崽,见风就长,到了夏初的时候,已经长大了许多,可是还离不了哺育它们的老母鸡,总是形影不离地随在老母鸡的身边,叽叽喳喳,吵闹不休。不用怀疑,奶亲是太爱她的那群小鸡崽了。可她的爱,却时常不被老母鸡接受。在奶亲撵得小鸡崽过紧时,老母鸡就会张开翅膀,踮起趾爪,伸长了脖子,嘎嘎大叫,向奶亲大示其威。如果奶亲有所收敛,向一边退去,老母鸡也会知趣地收起狂悖之相,恢复为一只慈爱的老母鸡的常态。

把柴火背回家来,豆芽儿从肩上往下卸的动静大了,惊扰了散步觅食的小鸡崽。它们纷纷钻到老母鸡的翅羽下,探头探脑,发现并无什么危险时,又都钻了出来,在阳光普照的院里悠闲地散步觅食了。

"嗨!你们也太自在幸福了。"

豆芽儿像她的奶亲一样,也是满心地爱着小鸡崽的,而且在她的心里,似乎还羡慕着小鸡崽。此时,豆芽儿扶着从肩上卸下来的背篓,就如往常一样,十分羡慕地瞅着幸福的小鸡崽,瞎眼奶亲在气派亮堂的窑窗前招呼她了。

奶亲温言软语地叫着:"豆芽儿哎,你来。"

人的耳朵是个敏感的器官,豆芽儿在这个阳光明媚的时刻,却听出了奶亲那温暖的叫声里有股子别样的意味。她坚持把背篓里的柴火都掏出来,撂到柴火垛子上,这才很听话地走向瞎眼的奶亲。

奶亲搂住了豆芽儿娇娇嫩嫩的身子。

奶亲说:"长得这么高了,奶亲都搂不住了。"奶亲说得没错,豆芽儿长开了,个头比奶亲还高了一点儿,奶亲的确是搂不住她了。但在此时,豆芽儿希望奶亲搂着她,不要把她松开。奶亲好像也知道豆芽儿的心思,嘴上说搂不住了,却不松手地一直搂着豆芽儿,还用她的手来"认"豆芽儿了。

在豆芽儿的记忆里,奶亲的眼睛瞎了,就把眼睛挪到了手上。奶亲做什么都不用眼睛,只用手来"认"。手上长了眼睛的奶亲在"认"豆芽儿时,总是从她的一头乌发开始的。这一次亦不例外,奶亲温热的手,很自然地搭在了豆芽儿的头发上了。奶亲的手指轻轻地摸了一下,摸到了一根夹杂在头发里的草茎,她小心地摘出来,扔到了一边,就很慈祥地说了:"女孩儿家家,头上插一根草算甚呀,啊?咱又不是要卖了你。"奶亲的说法,豆芽儿在书本里看见过,小后生小女子的头发上是插不得草的,插了就是因为家贫养活不了，而要卖与他人的。想到此，豆芽儿还差点儿笑了出来呢。可她还没笑出来，就听奶亲又说上了，说是女娃娃家，把头发可要洗干净的，洗得黑了，洗得亮了，才招人欢喜……奶亲的嘴不停，手也不停，她的手指头"认"过了豆芽儿的头发，一路"认"下来，就"认"到了豆芽儿的眼睛、鼻子和嘴巴……再往下，就该是豆芽儿的肩膀了。

几个日头了，豆芽儿脚不失闲，手不失闲，抓紧一切时间，从山梁上往家里背柴火。她背来的有当硬柴的树枝子，有当引柴的茅草，背回家了，就堆在院子的一角，层层叠叠，高得像一座山了。除此而外，豆芽儿还收拾出两大口袋的荞麦，一大口袋的小米，叫上哥哥豆饼儿，让他帮忙，拉到村口的电磨坊，磨了荞面粉，碾了小米粒，把厨房里装荞面的瓮、装小米的缸，都装得冒尖儿了，就又给家里的水瓮挑水，并把家里该洗的物件，铺的盖的、穿的戴的都翻出来，很用心地洗一遍。发现哪里破了一个洞、开了一条线，需要补的补，需要缝的缝，全都仔细地整理了一遍。做这些活儿，把豆芽儿累透了。她的嫩肩膀被捆柴火的绳勒出了一道一道的红印子，干扎扎总是一个疼。

奶亲的手指头，很自然地"认"在了豆芽儿的嫩肩上。

豆芽儿敏感地体会到，奶亲的手指头颤抖起来了。她知晓，奶亲的手指头"认"出了她肩上的伤痕。她怕奶亲难过，就要拧了身子，躲开奶亲的手指头，但她是不能了，奶亲的手不费力气地按住了她的肩头。奶亲说了："谁让你背那么多柴火的，啊？你看你，把个嫩肩膀伤成啥了！"奶亲的口气是重的，听起来满是抱怨和责备，其实呢，听懂了，就知道满是心疼和爱怜。豆芽儿听着，就想掉泪，因此撑着身子，不躲奶亲了。奶亲就又把豆芽儿的肩膀往下按了按，掬着双手送到口边，吐了些唾沫，仔细地合掌搓起来，搓动的速度，由慢到快,快到仿佛风吼,搓到手心发烫,突然张开,捂在豆芽儿露出红伤的肩头,让豆芽儿切切实实感到一种如火烧的辣疼,透彻筋骨的辣疼啊,可这疼像是一剂神药,渐渐地,原来干扎扎疼着的肩膀,就没有了痛感。

给豆芽儿热敷着的奶亲,嘴里一直没有消停,说的话呢,都是顺着豆芽儿的耳朵,让她听了,心暖肺暖的。

奶亲说着,就说到了豆芽儿的娘亲和爹亲了。奶亲说他们两个狠心的家伙,只知道打工挣钱,把个家忘了。奶亲说她不信,谁的能耐大,几年能把世上的钱给挣完了?

沉浸在奶亲的抚慰和言语里,豆芽儿是很享受的。她没有防顾,奶亲"认"着她伤肩的手指头,却突然地"认"到她的胸脯上了!

豆芽儿可是吃惊不小,仿佛一只受惊的小鸡崽,迅速地蹿起,脱离了奶亲的拥抱,躲开几步,转过脸来,惊慌地看着奶亲,却发现了奶亲的镇定,奶亲脸上竟还浮出一层温暖的喜气。

笑眯眯的奶亲啊,少见牙齿的嘴巴,像一个深不见底的黑洞。她这是怎么了?过去也有伸手"认"着豆芽儿的时候,却从来都是躲着她胸脯那一块的。好像那里隐埋着两颗地雷,奶亲的手一旦"认"了上去,就会触发引信,发生一场天翻地覆的爆炸。所以,奶亲手"认"着豆芽儿,哪怕细心到"认"遍她的全身,也都是小心翼翼的,躲避着那个地方。这一次是怎么了?奶亲怎么就不躲了?而且她好像还有意谋划过了,就是冲着豆芽儿的胸脯来的,用一种突然袭击的方式,"侵犯"了豆芽儿的乳房。

豆芽儿想不通,嘴里就有了怨气:"奶亲呀!你……"

奶亲不等豆芽儿怨,抢着用话来堵她的嘴了。奶亲说:"碎女子出脱了,像朵花儿一样了,奶亲高兴啊。"

对奶亲的这一说法,豆芽儿是不好生怨了。

豆芽儿知道,她是生得好,高高挑挑的个子,细细白白的皮肉,嫩柳娇花一般,谁见了不心疼?

奶亲还有话说:"豆芽儿,你给奶亲说实话,你要离开家吗?"

豆芽儿没有回答奶亲的问话。

奶亲就又说:"你瞒不了我,你是下决心了。但你要听奶亲的话,把放出去的心收回来,不要离开家。你不知道前路的黑明,你不知道离家的慌乱,你……"

在奶亲洞明一切的劝说中,豆芽儿心慌起来了。

奶亲的疑心之所以起在豆芽儿身上,是因为豆芽儿这几天做的活儿明摆着的——她是要离开家了。奶亲眼睛看不见,心里亮堂着呢。

奶亲最后说:"你叫奶亲太揪心了。"

揪心的奶亲说了这句话后,不晓得为什么,竟然又把豆芽儿搂回怀里,唱起一曲信天游来,这让豆芽儿非常意外,又非常伤心。奶亲这可是破天荒的一唱啊,她唱的是《梦五更》:

> 一更子里来梦个生生梦,
> 我梦见我丈夫出了远门。
> 他走了远门奴拿手抻,
> 小爱英留在家叫谁照应?
>
> 二更子梦里已经二更,
> 我梦见丈夫孤苦伶仃。
> 你的衣衫破了谁给你缝?
> 吃的饭儿谁给你做成?

奶亲唱的《梦五更》,豆芽儿也是会唱的,她看见奶亲唱得伤心而声咽，自己就有点没心没肺地帮着奶亲唱了：

五更子梦里已经五更，
我梦见我丈夫上了马身。
他上马加鞭杳无踪影，
小爱英倒在地泪水淋淋。

猛听见红公鸡连声叫鸣，
惊醒了小爱英睁开了眼睛。
骂一声老公鸡谁让你叫鸣，
这么好的梦儿没叫我做成。

三

是数学课本呢，豆芽儿取出来放到一边……是语文课本呢，豆芽儿取出来放到一边……是物理课本呢，豆芽儿取出来放到了一边……是英语、是化学、是历史……一本一本的课本，都被豆芽儿取出来放到了一边。这些课本原都装在一个双肩带的书包里，这个书包已经背了几年了，脏了洗，洗了背，与豆芽儿朝夕相处，是她的一个不会说话但却亲密无间的伙伴。现在，豆芽儿正在改变书包的内容。她把装在里面的中学课本和作业本全都取出来，整齐地堆在住窑的炕角上，装上她平日里换洗的几件衣裳，有两条裤子、两件布衫和几件贴身小件儿。实在地说，这不是个劳力的活儿，可是豆芽儿做的时候，仿佛在翻一架大山，累得她额前竟然渗出点点汗珠。是的啊，豆芽儿不是力怯，是心累。正如她从书包里掏出课本时一样，在换上换洗的衣裳时，她是有那么一瞬间的犹豫的。因为这犹豫，掏出课本时，她的动作显得特别迟缓。每掏出一册课本来，她都要小心地把封面用手反复抚摸好多遍，像是抚摸一件不忍丢手的宝贝，抚摸得很平整了，放在一边，再去掏另一册课本……豆芽儿就是这么犹犹豫豫地掏出了所有的课本。当她要把换洗的衣裳往书包里装时，她的动作加快了，而且非常地潦草，几乎不讲方式，只是胡乱地抓在手里，胡乱地塞进去。

这就是说，豆芽儿不再犹豫了。

豆芽儿是想过的，担心她做这一切的时候，可能是会流泪的。但是没有，她一滴眼泪都没流。掏出书包里的课本和作业，装进去换洗用的衣物后，豆芽儿唯一惦记的是，要再检查一下娘亲在陈仓城青铜鸡婆前的那张留影，这是她必须带在身上的。豆芽儿的手摸着上衣口袋，摸出了那张照片，展开看了一眼，发现青铜雕塑的鸡婆是那么高大，在灿烂的阳光下闪耀着金子般绚丽的光华；亲爱的娘亲站在青铜鸡婆的前面，沐浴着青铜鸡婆的温暖，她漂亮的衣裙被风掀起一角，满面幸福地微笑着……豆芽儿被感染了，也幸福地微笑着了。

背起换了内容的双肩带书包，豆芽儿微笑着走出了沟河村她家的红漆铁门。在家门口，她不知为什么，很想唱一首歌。她想起了那首十分流行的《走四方》，知道那首歌的歌词是这样写的："走四方，路迢迢，水长长，迷迷茫茫，一村又一庄……"但她张开了嘴巴，却一点声音都发不出来，倒是瞎眼的奶亲撵着院子里的老母鸡和小鸡崽，又漫起了一首甘州的花儿：

去了去了（者）实去了，
麻荫凉么（者）掩着路了。
眼看（者）拉着你还是去了，

081

活割了(者)心上的肉了。

早起里哭来(者)晚夕里号,
眼泪水淌成(者)个河了。
杀人的刀子(者)是你前头的路,
把操心(者)你的人活活给宰了。

奶亲的花儿漫得苍凉,漫得凄婉,漫得豆芽儿的心像泡在了醋瓮里,又酸又涩。豆芽儿就在奶亲如泣如诉的花儿调子里,高一脚、低一脚,慢慢地走出了沟河村,走向了距离镇街不是很远的公路。那里有一棵大榆树,树干半腰钉着一块木牌,时间久了,还有些残破,上面刷漆的几个字,也模糊不清。但是这里的人都知道这块木牌的意义,它标志着大榆树下是一个长途汽车站。

豆芽儿直奔大榆树下,就是要在那里登上一辆长途公共汽车,到陈仓城里去,去找她的娘亲,去找那只神异的青铜鸡婆。

在半道上,豆芽儿与金巧巧会合了。

这次离家出走,豆芽儿和金巧巧商量过了。就她俩,搭伴儿一起走。

像豆芽儿一样,金巧巧背的也是她背了好几年的双肩带书包,不用问,金巧巧的双肩带书包也换了内容,取出了书包里的课本,换上了女娃儿的换洗衣物和贴身小件。

豆芽儿初遇金巧巧,发现她的脸色特别红,像是贴了一层红绸子,有种飘飞着的燃烧感。是因为激动呢,还是因为别的什么?

豆芽儿问金巧巧:"你的脸咋那么红?"

金巧巧说:"红吗?我咋就不觉得。"

两个结成伴的好姐妹,朝大榆树走着。豆芽儿走得坚定,走得轻快。金巧巧却满腹心事，走得有些犹疑，走得有些迟缓。豆芽儿走上一阵，与金巧巧间的距离就会拉远一些，为此，她就得停下等一阵儿，等到金巧巧跟上了，再继续坚定轻快地向前走去。如此不断地反复，豆芽儿就催金巧巧了。

豆芽儿回头说："你是缠了脚吗？走得那么慢。"

金巧巧说："我缠的甚脚？没缠，就是觉得脚重，捆了一大块石头似的重。"

豆芽儿就有些不解，问："你是后悔了吗？"

金巧巧没有否定豆芽儿的疑问，也没有正面回答豆芽儿的疑问。她绕着圈子说："豆芽儿，你给我说实话，你对你哥豆饼儿很失望，你恨着他了？"

豆芽儿被金巧巧问得犯了晕，说："我恨我哥？唉，我恨他了吗？"

金巧巧说："你说么，你恨他了吗？"

豆芽儿说："我不知道，不知道我是恨我哥呢，还是怕我哥，或是怕别的什么。我不知道。"

金巧巧说："旁观者清，你恨你哥也罢，怕你哥也罢，我要给你说，你要原谅你哥豆饼儿的。在咱那个地方，你哥豆饼儿的心其实算是绵软的，他有不对的地方，也是他没有办法喀。"

这才是新鲜呢！豆芽儿狐疑地看着金巧巧，想金巧巧是该恨着豆饼儿的，可都要离开故土了，她却还一心偏着豆饼儿，这让豆芽儿想破了脑袋，也是想不明白了。

金巧巧在那一刻，眼睛迎着豆芽儿的狐疑，她很想和豆芽儿再说些什么，但却一时语塞，低下头，耳朵里却隐隐约约听见几声悲凉的花儿调。

是豆芽儿的奶亲在漫花儿吗？沟河村里，吼唱信天游的人不少，漫花儿的就豆芽儿奶亲一个人：

走来走来（者）越远的远了，
眼泪的花儿哟，
哎嗨哎嗨哩的嗨，
眼泪的花儿（者）把心淹了。

走来走来（者）越远的远了，
心上的愁肠哟，
哎嗨哎嗨哩的嗨，
心上的愁肠就结重了。

在这一刻，豆芽儿也隐约听到了奶亲漫的这几句花儿，但她没有被奶亲的花儿拴住脚，依然坚定地走着，这就走到公路边的大榆树下。在豆芽儿和金巧巧来到这里之前，大榆树下已经聚起了一堆人。在这堆人里，赫然站着她们的好同学侯红琴。

啊呀！她怎么也来了呢？

四

离家出走，豆芽儿瞒得过别人，但她瞒不过侯红琴。从她心里有了那个打算起，侯红琴就已有了察觉。

说实话，侯红琴在发现了豆芽儿心头的秘密时，她不由自主地兴奋了好几天。她的兴奋不是幸灾乐祸，而是对豆芽儿的感佩，她觉得豆芽儿太有主意了。在他们学校,在他们班,侯红琴佩服的同学不多,豆芽儿是其中的一个。这不仅是因为豆芽儿的学习成绩好,还在于她处事方式的果敢和干练。侯红琴呢,就时时事事注意观察豆芽儿,以她为榜样,向她学习。因此她们才能勇闯镇政府,面见镇政府的领导,激愤填胸地反映镇街上录像放映厅和网吧的泛滥以及学校风气的败坏……虽然她们的反映没有起到什么作用,但是侯红琴更加感佩豆芽儿了。

豆芽儿要离家出走,侯红琴自然是要相跟的。

侯红琴在心里过滤了一下,发现她的意识深处,其实也是积累下了离家出走的念头的。这个念头在寻找一个合理的由头,而这个由头就如一块肥沃的土地,只需把她的念头植入这块土地里,就会立即发芽长大,长成一棵大树。侯红琴兴奋着,她认为是豆芽儿给了她这个由头,于是,她便小心观察着豆芽儿,时刻准备着,义无反顾地要和豆芽儿一起走。

发现了侯红琴的豆芽儿和金巧巧,眼睛里满是惊讶和疑惑,她们甚至不知道该怎么和侯红琴搭话。侯红琴就不是这样,她从人堆里走出来,大大方方地走到豆芽儿和金巧巧的身边,眼睛直勾勾地盯着豆芽儿和金巧巧说话了。

侯红琴说:"我和你们一起走。"

这么直截了当,一点儿弯都不拐地说话,使豆芽儿和金巧巧更惊讶了。她俩还都半张着嘴,不晓得怎么回答,倒是侯红琴又开口说话了。

侯红琴说:"我在学校观察你们好几天了。我猜得出来,这几天你们是要走的。"

侯红琴说:"你们走了,咋能落下我呢?"

侯红琴说:"我也想走,就到大榆树下等,果然把你们等来了。"

如释重负——说了一大堆话的侯红琴，只能用这个词来形容自己的情态了。豆芽儿和金巧巧回过了神，一人伸出一只手，把等在这里，坚持等到了她们的侯红琴的手拉住了，拉得紧紧的，生怕她说了这些话后，会飞了去似的。

老牛似的长途客车，在三个好姐妹手拉手互相鼓励的时候，从陕北特有的那种山沟沟的弯道上转过来。呼呼气喘的车身后边，拖着一条蜿蜿蜒蜒的黄尘尾巴，它追着艰难爬坡的长途客车，车一停，那条尾巴便怪模怪样地扑上来，像要把长途客车一口吞了去。

聚集在大榆树下的人群中一时骚动起来……被黄尘吞了身形的长途客车，前三后四地颠了几颠，这才在骚动的人群旁边停了下来。

豆芽儿挤在人群里，泥鳅一样挤上车了。

跟在豆芽儿身后的，是在大榆树下刚刚跟她们会合了的侯红琴，她也泥鳅一样挤上了车。

金巧巧却没有上车。她站在原地，看着豆芽儿和侯红琴拼命地挤在人群里，挤上了长途客车，她却像一棵栽在公路边的树苗，根深枝硬地，挺立在路边，一动也不动。

豆芽儿和侯红琴找好了自己的座位，安顿下来，再拿眼去找金巧巧，这才发现她没有上车。豆芽儿和侯红琴就有些诧异，同时向车窗外看去，看见金巧巧一脸无奈，向她俩举起手来，虚弱地摇着。

长途客车就在这时关上了车门，"噢噢"地发动起来，向前爬动了。

豆芽儿想，金巧巧是后悔了。

对此，豆芽儿是有思想准备的。她知道金巧巧性格优柔寡断，做啥事都很难坚持到底。刚才在路上走着时，豆芽儿听金巧巧说话，已经听出了她心里的矛盾，是又想走，又不想走的。

侯红琴的到来，解放了金巧巧，她是决计不走了。

不走了也好。豆芽儿在心里快速地想着,就从不断加速的长途客车窗口中伸出手,对着金巧巧,也像她一样,无奈而无力地摇着了。

侯红琴呢,还想招呼驾驶长途客车的司机,让他停下车,等一等金巧巧的。但她看见了一脸平静的豆芽儿,就把她张开的嘴又闭上了。她不明白,金巧巧都已走到公路边了,只消再迈一步,踏进长途客车的门里来,她们就能一起走了。但在关键时刻,金巧巧迈不出那一步,留在了客车下,看着她和豆芽儿走。这让侯红琴心里就有些不是滋味。"唉!"单纯率真的侯红琴,只在心里叹了一口气,就也学着豆芽儿的样子,从长途客车的窗口伸出手来,向着金巧巧,无奈而无力地摇着。

长途客车的速度越来越快了,豆芽儿和侯红琴还向金巧巧摇着手,前边是一个弯道,转过那个弯儿,她们就看不见金巧巧了。可在这时,她们却意外地发现,金巧巧的身边跑来了一个人。

那是豆芽儿的哥哥豆饼儿呢!

仿佛一股电流击中了豆芽儿的神经,她全身一紧,伸在窗外摇着的手,也像冰冻一般僵住了。

哥哥豆饼儿跑得太急了。他跑到金巧巧的身边时,来了个急停步,往前冲的惯性,使他急停的步子收刹不及,身子差点儿扑倒在公路上。

金巧巧拉了豆饼儿一把,这才使他不致跌倒。豆饼儿挺起身来,向着加速前驰的长途客车又是喊叫又是招手。豆芽儿听不见哥哥喊叫的话,但她看见哥哥豆饼儿在招手,她能想象得到哥哥豆饼儿喊叫的是什么,她能看懂哥哥豆饼儿招手的意思是什么。那就是,他要豆芽儿不要走,他要长途汽车停下来,他要接妹妹豆芽儿回家。

豆芽儿闭上了眼睛,把手从车窗外抽了回来,低头坐在座位上,双手捂住了眼睛,一直忍着的泪水,到这时再也忍不住了,从指缝里汩汩地涌流了出来。

坐在豆芽儿身边的侯红琴受了豆芽儿的感染,此时此刻也不由自主地流泪了。

侯红琴一边流泪,还一边说:"咱不流泪。咱不流泪。"

旋转的山路,把哥哥豆饼儿,把好姐妹金巧巧,把生养她的故乡,三旋两转地就都抛到豆芽儿身后去了。

长途汽车的四只轮子,飞速转动着,载着清纯简单的初中生豆芽儿到繁华的陈仓城里去,去那里见她牵系在心尖尖上的娘亲和爹亲,去见萦绕在灵魂深处的青铜鸡婆……是这些牵魂揪心的心愿,激发着豆芽儿的眼泪越流越汹涌,越流越澎湃……就在这时,豆芽儿和侯红琴,两个离家出走的陕北女子,听到了一曲叫人肝肠寸断的信天游:

　　吃了一碗的扁食没喝一点汤,
　　少无主意上了你的当。
　　一碗碗凉水两张张纸,
　　谁卖了良心谁死上。

车座靠背后面,伸过来了一只手,胖乎乎、白生生的,捏着一沓洁白的纸巾,送到了豆芽儿和侯红琴的胳膊边。

伸手的人说:"擦把眼泪吧。"

伸手的是个女人,很温和很知心的一个女人。

伸手的女人说:"别把自己哭化了,省点力气,路还长着哩。"

五

亮晶晶的眼泪，最后干在脸上，混合了尘土，就成了一个一个泪斑，十分醒目地印在豆芽儿和侯红琴的眼皮下边。她俩低着头，悄声地议论着什么。

女孩儿是豌豆心，一会儿滚上来，一会儿滚下去，即便一时坚决地踏上了离家出走的路，却又惦记着家里的七七八八。豆芽儿就特别不舍她的哥哥豆饼儿，在和侯红琴议论了家里的奶亲、孵了小鸡崽的老母鸡后，就把话题转移到了哥哥豆饼儿的身上了。

豆芽儿说："寻衅滋事？我哥豆饼儿被派出所说是寻衅滋事，侯红琴你说，他是罪有应得吗？"

对于这个话题，侯红琴此前没有太多思考，听豆芽儿突然问她，她噤了声，认真地想着了。思来想去，侯红琴有了她的结论，但她不好当着豆芽儿的面说，就还闭着嘴不出声。

豆芽儿还问："你说呢？侯红琴，咱不要顾虑，怎么想就怎么说，我不怪你。"

侯红琴拿眼瞄了瞄豆芽儿，觉得她是真诚的，就大着胆子说了："应该是吧。"

豆芽儿说："你说实话了，我也想，给我哥定罪寻衅滋事不冤他。"

侯红琴却又给豆饼儿辩护了，说："也不是他一个人。再说了，其他人就没责任？"

问得好！豆芽儿很是感激地看定了侯红琴的脸，说自己也是这么想的。她哥豆饼儿，看流氓凶杀录像片，勒索男同学的钱物，吃女同学的香香，怎么说都应该抓他蹲几天班房，这是对他的教育。但这不能都怪他，别的人也是要负责任的。譬如娘亲和爹亲，不能说外出打工增加家庭经济收入，就不用负为人父母的责任了。譬如说奶亲，一只老母鸡和一窝小鸡崽不该是她的全部，她还要处处留心，心存公正地教育她的晚辈呀！村主任劳劳子呢，他的儿子蛮牛也不是盏省油的灯，豆饼儿的坏，有很大的成分，是被蛮牛带出来的，他咋就睁着眼睛看不见，在豆芽儿向他反映了问题的严重性后，不是想办法解决好他儿子的事，反而状告豆饼儿，让派出所抓了豆饼儿……还有校长和镇政府的领导，他们其实知道问题的存在，但却千方百计地掩盖问题，到最后没法掩盖时，校长就向学生下跪了！

无能的、不负责任的下跪呀！

校长把他的学生当成什么了？是祖宗呢？还是土匪？豆芽儿心想，男儿膝下有黄金，一个人要下跪了，不是心悦诚服地跪给祖宗，就是被逼无奈地跪给土匪。学生不是校长的祖宗，校长给学生跪了，也就是说，他把学生当作了逼得他无可奈何的土匪。

还有镇政府的领导，眼里只有经济指标，动员号召大家出山进城，务工致富，但也不该忽视别的事情呀。

当然了，这么想问题可能有失偏颇，但事实是，发生在镇政府领导眼皮底下的事，他们又有什么反应呢？只是做些面子上的活儿罢了。像眼镜镇长，春节前下村入户走访留守儿童，进学校组织学生填写心愿卡，与外出务工父母进行情感交流……这么做，应该是无可厚非的，可实际上又能起到多大作用呢？

豆芽儿是怀疑的。和侯红琴紧挨着坐在长途客车上，有一阵子，她就陷在这些问题里，难以自拔。

侯红琴感觉到了豆芽儿的苦恼。

侯红琴不想豆芽儿太苦恼，就用胳膊肘拐了一下豆芽儿，给她说起宽心话来。侯红琴说："看你愁眉不展的样子，好像天下不顺的事都背在你身上了。听我给你说，咱要把心放宽哩，愁死咱也没人偿命，咱给谁愁呢？谁知道咱的愁？"

豆芽儿知道侯红琴在宽她的心，她感激侯红琴，也承认侯红琴说的宽心话是对的。

咱给谁愁呢？

谁知道咱的愁？

豆芽儿把侯红琴说给她的宽心话，在心里又重复了一遍……豆芽儿想她应该解开心里的愁结，但却不能，甚至因为侯红琴的这句大实话，她结在心头的愁绪又加重了一些……嘈杂的、喧嚣的保安县城，不期然地在豆芽儿不断加重的愁绪里出现了。

要去陈仓城必须在保安县城转乘另一班车。豆芽儿和侯红琴不知道，就还坐在原来的长途客车上等。在她俩看来，只有坐在公共汽车上，才能到达想要去的陈仓城。

给豆芽儿和侯红琴递纸巾的白胖女人已经下车了，回头看见她俩还坐着不动，就又上了车，走到她俩跟前，问她俩咋还不下车。豆芽儿和侯红琴奇怪地盯着白胖女人，反问她俩下车干啥，还说她俩不下车，她俩要到陈仓城去的。白胖女人就乐了，告诉豆芽儿和侯红琴，这趟车就只到县城，要去陈仓城，还要换车的。白胖女人真是热心，说自己也是要去陈仓城的，如果豆芽儿和侯红琴信任她，就跟着她结成伴儿一起走。

豆芽儿听了白胖女人的话，拿眼去瞄侯红琴，而侯红琴也在拿眼瞄豆芽儿。两个涉世未深的姑娘，眼睛流露出的神色，是信了这个白胖女人了，她们很礼貌地叫了一声大姐，还说谢谢大姐帮忙，就都乖觉地跟着白胖女人下了车。

出了汽车站，白胖女人问豆芽儿和侯红琴："坐了这么长时间的车，肚子饿了吧？"

如果不说这话，豆芽儿和侯红琴还不觉得饿，被白胖女人一提醒,她俩就都觉得胃像青蛙一样,饿得咕咕地叫着了。

白胖女人是善解人意的,说:"走吧,我也饿了,咱们找地方吃点儿热的去。"

人声鼎沸的汽车站外倒是不缺吃饭的地方。门面挨门面,不是卖羊肉剁荞面的,就是卖羊肉烩大饼的,几乎都是小饭馆哩。跟着白胖女人,豆芽儿和侯红琴她们选了一个干净点儿的荞面馆,进去点了三碗羊肉剁荞面。等到服务员端出来,她们便一人抱着一碗,呼噜呼噜吃起来了。吃罢了羊肉剁荞面,白胖女人还给每人要了一碗荞面汤,面汤太烫了,一时喝不进嘴,就都放在饭桌上凉着,在这期间,白胖女人跟豆芽儿和侯红琴说了不少话。

是白胖女人先说的,她问:"看你俩年纪还小,都是中学生吧。"

豆芽儿和侯红琴点了头。

白胖女人就还说:"是中学生不在学校念书,坐车出来干甚呀?"

豆芽儿和侯红琴听得出来,白胖女人的话里有批评她们的意思。她批评得对,如果说在此之前,豆芽儿和侯红琴还不敢完全相信白胖女人,她这一批评,两个初中生就很相信白胖女人了,觉得这人真是不错,不是关心她们,才不会批评她们呢。

白胖女人端起荞面汤碗,送到嘴边吹了吹,小心地呷了一口,就还说:"听我话,要是和家里闹意见,就不敢在外面乱跑,人这东西,没长尾巴难认,小心有人骗了你们,把你们卖了,你们还帮着人家数钱哩。"

是白胖女人说的话有趣吧,豆芽儿和侯红琴一直绷着的心放下来了,而且呢,脸上还都露出了笑容。

白胖女人还继续指教她们,说:"笑什么笑?我说的是真话,想回家,一会儿有车,我送你们回去。"

豆芽儿和侯红琴把心彻底放下了。她俩说:"我们不是和家里闹意见,我们的娘亲、爹亲在陈仓城,我们要去陈仓城找他们的。"

白胖女人的脸色就变得特别温暖了,她不再批评豆芽儿和侯红琴了。而这时,她也知道了豆芽儿和侯红琴去陈仓城的目的,就很仗义地说了:"你们两个碎女子呀,有幸遇到了我。是这样的,我和你们的娘亲年纪差不多大吧,让你们叫我大姐我亏了点,你们就叫我大姨吧。我带你们去陈仓城,找你们的娘亲、爹亲去。就算你们知道娘亲的地址,但是陈仓城大了,不像小县城,几步路一条街,咋都好找。陈仓城呢,不是两条腿跑着就能找到地方的。不过不要紧,咱们鼻子下面一张嘴,就是问人的。咱打听清楚了,打个电话也能找见的。"

荞面汤凉下来了,豆芽儿和侯红琴在白胖女人的带动下,都把荞面汤喝进了肚子。

吃饱了,喝足了,豆芽儿和侯红琴就又在白胖女人的引领下,新买了汽车票,上了另外一辆长途客车。豆芽儿和侯红琴看见,长途客车的前窗和后窗上贴着的红色大字,醒目地标示着陈仓城的方向。

在长途客车上,白胖女人有话没话地问起了豆芽儿的哥哥豆饼儿。她说:"你们两个女子,在路上说谁被村主任告了?"

侯红琴嘴快,说:"豆芽儿的哥哥豆饼儿哩。"

白胖的女人听侯红琴这么一说,像是突然醒过来似的,说:"哦,她叫豆芽儿。你呢?你叫甚名字?"

侯红琴抿嘴一笑,说:"红琴,侯红琴。"

白胖女人说:"豆芽儿的哥哥豆饼儿多大呀?"

侯红琴说:"比豆芽儿大一岁,十七岁了。"

白胖女人就很心疼地说:"多大点儿后生呀,就被人告上了,而且还是你们村里的村主任!哎哎,吃上那样的官司,他可怎么受得了?"

豆芽儿对白胖女人不敢全然信任,她还顾虑着,要不要提醒侯红琴,别和白胖女人太热乎。但她经不住白胖女人这么的关心,她还是不由自主地相信这个女人了,于是,她也就插进话来了。

豆芽儿说:"阿姨说得对。我哥吃官司,也不是他一个人的错,村主任劳劳子的后生也不是啥好物料,他纠集一伙野狗獾把我哥打得那个惨,他不吃官司,倒让他老子告了我哥,让我哥吃官司,这还有个公道吗?"

白胖女人安慰起豆芽儿了,说:"公道,你说哪里有公道?天下就没个公道么。"

说着话,长途客车启动了。

六

长途客车从保安县城跑出来不久,便上了一条豆芽儿和侯红琴只在电视上看到过的高速公路。很自然地,长途客车的速度提高了许多,不再像爬山的老牛呼哧呼哧地喘,而是像匹飞马,"唰唰唰唰"地把一座一座的山头,像扔土块似的,呼啦啦全都扔在了后头……一望无际的关中平原,就在豆芽儿和侯红琴圆睁的眼睛里,蓦然现出了真模样。

啊呀呀!天是这么宽呀!

啊呀呀!地是这么平呀!

和白胖女人坐在一起,豆芽儿和侯红琴早就听了她对关中平原的描述，可在她们眼见了后，还是要惊叹关中平原的天宽地广的。于是呢，两个走出大山的初中生兴奋起来了，眼睛向车窗外看着，脸上红扑扑的，洋溢着欣喜不尽的情绪……专注地看一会儿窗外，也会回一下头，两双兴奋的眼睛相互一碰，也不说话，只是匆匆地一乐，火烧一样欣喜的光在两张脸庞上掠过，她们就又看向车窗外了……村庄，一个连着一个的村庄，烟岚轻笼，像飘飘柔柔的一层纱雾，展展地铺开来。她们听得见其中狗的吠叫、鸡的啼鸣……田块儿，一片连着一片的田块儿！在阳光普照下，她们看得见波浪翻涌的麦海，瞧得见黄花点点的油菜……豆芽儿和侯红琴几乎要陶醉了。

不晓得走了多长时间，天黑时分，一路狂奔的长途客车，昏头昏脑地扎进了陈仓城。

满城都是灯火，好像是，路有多长，灯火就有多长；楼房有多高，灯火就有多高……漫无边际的陈仓城，在豆芽儿和侯红琴的眼里，仿佛就是闪亮的灯火搭建起来的……其中呢，就有五颜六色的霓虹灯，在大街两边的楼房墙壁上，忽高忽低，忽长忽短，或红或绿，或蓝或黄，明明灭灭，幻化出无穷无尽的美丽图案，让初入陈仓城的豆芽儿和侯红琴目不暇接，红艳艳的脸蛋上就只有兴奋和激动了。

豆芽儿和侯红琴不像在县城的汽车站时那样，不知道到站下车，在陈仓城，她俩没等长途客车停稳，就已从座位上站起来，自觉地向车门走去了。

自然地，豆芽儿和侯红琴是跟着白胖女人一块儿下车的。

下了车，白胖女人很不放心地看着豆芽儿和侯红琴，问她们："你们的娘亲、爹亲知道你们来陈仓吗？"

这是一个问题呢。

豆芽儿没有告诉她在陈仓城打工的娘亲、爹亲，侯红琴也没有告诉她在陈仓城打工的娘亲、爹亲。她们更没有想过，到陈仓城里来，找到了娘亲、爹亲之后做什么。是继续她们的学业呢，还是像娘亲、爹亲一样去打工？这没有想过的问题，既然到了陈仓城，又被白胖女人说起，豆芽儿和侯红琴就必须要考虑了。但是，这还不是她们眼前要想的，逼在她们眼前的问题，正如白胖女人问的那样，她们的娘亲、爹亲还不知道她们到陈仓城里来。

一抹畏怯的神色，悄悄地爬上了豆芽儿和侯红琴的脸。

白胖女人捕捉到了她俩脸上的畏怯，张嘴又问："你们的娘亲、爹亲都还不知道？"

豆芽儿没应声，侯红琴也没应声。

白胖女人就一副很生气的样子，说："你们怎么能不给娘亲、爹亲说呢？这是多么大的事呀，你们都还小，只看见城里的繁华，不晓得城里害怕，弄不好，把你俩丢了怎么办？啊呀呀，你们两个碎女子，让你姨我怎么说呢，算你们命大有福，遇到了你姨我，我不能撇下你们不管吧？"

白胖女人絮絮叨叨地埋怨着，豆芽儿在一边说话了。

豆芽儿说："姨是好心人么。"

侯红琴应声虫一样跟着说："是哩，姨是好心人么。"

豆芽儿还说："不是姨埋怨，你想么，我们到陈仓城来，不好事先给娘亲、爹亲报信的，我们如果报了信，娘亲、爹亲能让我们来吗？娘亲、爹亲不会让我们来的。"

侯红琴就又跟着豆芽儿说："对着哩，对着哩，我们的娘亲、爹亲都让我们在老家待着的，不要我们进城来。"

白胖女人的脸色变化着，由开始的埋怨变得温暖了，有了一抹善解人意的味道。

白胖女人说："咋办呢？你们让我咋办呢？"

豆芽儿说："找我们的娘亲、爹亲么。"

侯红琴仍旧跟着说:"是啊,找我们的娘亲、爹亲么。"

白胖女人说:"咋找呀?"

豆芽儿和侯红琴这回就都抢着说,说到一起了:"我们有娘亲、爹亲的地址哩。"

白胖女人笑了,说:"看我么,倒比你俩还慌……那是这,你们把你们娘亲、爹亲的地址给我,我打电话去,让你们的娘亲、爹亲来接你们。"

豆芽儿和侯红琴就从身上的口袋里摸出记着她们娘亲、爹亲地址的纸片,给了白胖女人。白胖女人借着车站里的灯光,仔细地看了纸片上的字迹,给豆芽儿和侯红琴说,哎哟,都到郊区边上,路可不近呢。她这么叨咕着,就让豆芽儿和侯红琴等在原地别动,她到旁边的电话亭打个电话,联系一下。

白胖女人到电话亭去的时候脚步是沉重的,回来时却很轻盈了,脸上呢,还洋溢着掩饰不住的喜悦。

回到豆芽儿和侯红琴站立的地方,白胖女人说:"巧了,我朋友有一辆车,一会儿过来。他答应了,到汽车站来,捎咱们一段路。"

自然地,豆芽儿和侯红琴便感激着白胖女人,说:"有姨在,我们就放心了。"

白胖女人就一副很受用的样子,还说:"一路上,听你们念叨青铜雕的鸡婆,咱路过时就能看到了。真是神奇呢,到了晚上,灯光打着,青铜鸡婆亮闪闪的,要多奇幻有多奇幻,要多神秘有多神秘。"

说着话,白胖女人提起她的行李,也要豆芽儿和侯红琴带好她们的行李,一起走出宽阔敞亮的汽车站,站在了灯光通明的站前大街沿上。小小地站了一会儿,就见一辆漆皮斑驳的小面包,鱼儿一样滑出车流滚滚的大街,见缝插针似的溜到她们站着的道沿边,停了下来。从开着的车窗上探出一颗不见脖项的头,肥肥大大的,招呼白胖女人上车了。

肥头大耳的司机斜都不斜豆芽儿和侯红琴一眼，只说这里不让停车，抓住了要罚款的，要白胖女人快一点，快上车。

白胖女人一把拉开小面包的侧门，往旁边让了一下，招呼豆芽儿和侯红琴先上车，她自己才跟着上来了。白胖女人在车上嗔怪肥头大耳的司机："急啥急，抢孝帽吗？抓住了罚款不要你掏，我掏行了吧。"

在白胖女人的嗔怪声里，肥头大耳的司机发动了小面包，又像鱼儿一样滑进大街上没头没尾的车流中……豆芽儿和侯红琴从白胖女人的嗔怪声里听出他们的熟悉，却没有多想他们是怎样的熟悉，只是愣愣地瞧一眼白白胖胖的女人。白胖女人笑了，很温暖地笑着。那是因为她看见小面包司机的身边放着几罐饮料，圆桶状铝罐儿顶上的那一端，还有个小小的拉环，拽着拉环轻轻一扯，扯开一个口子，就能对着嘴喝了。

豆芽儿和侯红琴也看见了那几个饮料罐。经历了一整天的奔波劳顿，她俩真的是渴了。看不见饮料罐时倒还罢了，这一看见呢，喉咙里干得冒烟一样，觉得非常的渴了。

豆芽儿和侯红琴把目光都盯在那几罐饮料上时，白胖女人的嘴里就嗔怪着司机，说有好喝的也不给人说一声。她那么说着呢，伸手取来一罐，"噗"地拉开封口的铁环，顺手给了豆芽儿，然后又伸手过去，拿来一罐，再次"噗"地打开，隔着豆芽儿的肩膀，递给了另一边的侯红琴。她自己呢，自然又取来一罐，打开来就对着嘴喝起来。白胖女人喝得很解馋，她喝了一口，见豆芽儿和侯红琴都还端在手上没喝，就给她们说，喝呀，不喝白不喝，渴死了没人管。白胖女人一边说，一边大口地喝着罐子里的饮料，豆芽儿和侯红琴就不好再矜持了，端起饮料罐，也对着嘴儿喝起来了，先还只是抿了一小口，感觉饮料的味道真是不错,甜甜的,酸酸的,再和嘴儿对起来,便大口大口地喝下去了。

毕竟呢,豆芽儿和侯红琴是口渴了,她俩需要大喝几口的……她们看见,漂亮的饮料罐上喷印着非常好看的图案,还有两个非常好看的大字:雪碧。

非常好喝的雪碧呢,刚喝下去,感觉肚子里凉津津的,很是受用,精神也长了一些。可是过了一会儿,短短的一会儿时间,豆芽儿就觉得她的眼皮发沉,去看侯红琴,也是昏昏欲睡的模样。到这时,豆芽儿才猛然觉醒,她们受骗了……她是想喊的,大声地喊;她是想举手的,高高地举起来,喊叫着戳穿白胖女人和肥头大耳司机的阴谋。但她喊不出来了,便是手也举不起来了……她控制不了自己。侯红琴也控制不了自己,她俩的眼睛,像被一根穿了线的针,一针一针地缝起来了,看不见了陈仓城满世界的灯火了。

七

要穿红来(者)一身的红,
红袄(者)红裤红头绳,
一对子的红绣鞋(者)两盏的灯,
实实里(者)爱死个人。

昏睡着的豆芽儿渐渐地有了知觉,但她的身子还很沉,眼睛也还闭着,只有张开的耳朵,仿佛隔着一座山,听得见遥远的地方,有人在漫一首花儿。豆芽儿是有这个意识的——瞎眼奶亲的娘家甘州,是有许多"漫家子"的,闲来无事,或紧张劳作的间隙,自会张口漫上一曲花儿。豆芽儿的奶亲,从甘州被人贩子卖到陕北他们河沟村,别的什么都跟了河沟村风俗,唯有花儿她是不丢口的。奶亲经常漫花儿,想来也该是个漫花儿的高手。豆芽儿对奶亲有看法,不喜欢奶亲这,不喜欢奶亲那,这都不要紧,只要奶亲漫起花儿来,豆芽儿就喜欢上奶亲了。而且是,跟着漫花儿的奶亲,豆芽儿也是能漫几曲的,譬如她从沉睡中醒来听到的这首花儿,她也会漫,也知道这首著名的花儿叫《好打扮》。

身子不动,眼睛不睁的豆芽儿听着别人漫花儿:

要穿白来(者)一身的白,
白袄(者)白裤白绣鞋,
白花花的手绢(者)手中的摇,
走起里(者)就像一溜风。

是奶亲在漫花儿吗?那好听的声音再熟悉不过了,让闭着眼睛不动的豆芽儿,还以为她回到了奶亲的身边。但她想起了昏睡前的情景,知道她和侯红琴,是被白胖女人和那个肥头大耳的司机拐卖了。他们能把她俩拐卖回她们的老家吗?不会的……心里疑惑着,豆芽儿慢慢地睁开了眼睛,她看见了漫花儿的人,真的像她的奶亲一样,是个有把子年龄的老女人呢。

这个像豆芽儿奶亲一样上了年纪的老女人,嘴里漫着花儿,手里却还拿着一把麻绳,小心地绑着豆芽儿……看来,老女人的心情不错,这从她漫着花儿的声调上听得出来,充满着一种压抑不住的喜气……睁开眼睛的豆芽儿不用多想,就知道老女人的喜气来自哪里。她买下了豆芽儿,是给她的儿子做媳妇的——天下的父母都是这样，愁的就是儿子的媳妇，给儿子买下媳妇了，她是该欢喜的。

天地轮回，几十年前她的奶亲被人贩子从甘州卖到了陕北的沟河村，现在，她却又被人贩子卖到甘州来了。

豆芽儿动了动手，动了动脚……本来呢，她是想做点大些的动作的，但她想得到，动作的大小是无所谓的，她抗拒不了这个如奶亲一样上了年纪的老女人的捆绑。围着她的，除了这个亲手捆绑她的老女人，还有另外几个老女人。她们虎视眈眈，纵是豆芽儿拼命抗拒又能怎么样？于是呢，她只小小地动了动，就很自觉地任由老女人捆绑她了。

更何况，刚从昏睡中醒来的豆芽儿，也没力气做大动作。

老女人看见了眼睛睁开的豆芽儿，她脸上所有的欢喜，就如山上的野花一样，当下开得一片灿烂。

老女人言语温暖地说："醒来了。"

豆芽儿没有应声，她只睁着眼睛，茫然地看着老女人。

老女人却又嘴巴不停地说开了。她说你太能睡了，一天一夜不睁眼睛，我还以为你醒不来了。给你说，都是人贩子的药下重了，不过，这怪不得他们，不下药谁愿意到这山洼洼里来。

听老女人这么说人贩子，豆芽儿的手脚就又动起来了，而且动得很大。

老女人劝她了，说："别乱动。你动静越大，受的罪越大。"

正如老女人所说，豆芽儿的手脚被麻绳捆绑的地方，因为她动作大，当下便疼了起来……豆芽儿想她可以不怨恨买了她的老女人，但她是要怨恨白胖女人了，那个黑心肠的人贩子呀，咋敢做这昧良心的事呢！

豆芽儿咬牙切齿了。她说："我饶不了他们。"

老女人知道豆芽儿说的谁，却明知故问："你饶不了谁？"

豆芽儿狠狠地说："人贩子！"

老女人说："她卷着钱走了，你去哪儿找她？你又咋能饶不了她？"

这话说得豆芽儿突然没了脾气，大睁着的眼睛里蓦地涌满了泪水。她多想大声地哭出来呀，但她咬着牙，没有让自己哭出来。倒是老女人劝她了，让她想哭就哭，说女孩儿家遇上嫁人这样的事，是该哭的，汪汪地哭上一场，该是啥还是啥，慢慢地就好了，叫你哭，你还不哭了呢。老女人不住嘴地说，说着呢就很动情了，说她好歹只有一个儿子，没有女儿，豆芽儿跟了她儿子，就是她的儿媳妇了。人把媳妇不当女，她是一定要把媳妇当女的，当女儿一样爱的。老女人甚至要求豆芽儿，要豆芽儿把她当娘亲待，生了她养了她的娘亲呀。

围在豆芽儿周围的那些个女人，一哇声应和着，说："你的娘亲是个善人，你要听你娘亲的话哩。"

豆芽儿听得懂，她们说的这个娘亲，不是她要去陈仓城找的娘亲，而是眼前这个拿了麻绳捆绑她的老女人。在这一时，她不知为什么，脸上竟露出了一点笑。

这是奇怪的，豆芽儿怎么会笑呢？是嘲讽的笑吧。

那一圈围着她的女人没有觉察，还又都一哇声地说了，说豆芽儿是个懂事的，听得懂人的话，你看么，脸上都有笑了。

恰在这时，豆芽儿听见了侯红琴的嘶叫。那样的嘶叫太惨烈了，只有一声传进豆芽儿的耳朵，就让豆芽儿的心颤起来了。可是，侯红琴的嘶喊不止一声，就在距离豆芽儿被捆的院子不远处，一声一声地嘶喊着，相伴随的，还有侯红琴激烈的叫骂。

骂得好啊！豆芽儿把她脸上的笑收了回去，心想，侯红琴也被拐卖到这个山村里了。她这么没命地嘶喊叫骂，证明她俩还在一起，这是不幸中的万幸，以后还要相互照应的。

豆芽儿在侯红琴的嘶喊和叫骂声里这么想着时，突然就想起来奶亲。她亲亲的奶亲呀，把啥事都料想到了。在她闷着头准备出走时，奶亲发现了她的异常，借着她头发上夹杂着的碎草，给她提了醒，说她可不要被人卖了。神奇的奶亲啊……豆芽儿这时悔得肠子都青了。这么想着，豆芽儿就还想起了金巧巧。临上汽车变了卦的金巧巧，也有奶亲那样的先见之明吗？金巧巧是预见到她和侯红琴出门来，要被人贩子拐卖了吗？这么想着奶亲和金巧巧时，豆芽儿就更生出悲哀来，同时又还生出一种欣幸感来，欣幸金巧巧没有跟她们一起跑出来，没有被人贩子拐卖了，否则自己的罪过就更大了。

侯红琴还在没命地嘶喊着，嘶喊得仿佛她们被拐卖来的这个小山村，都要破碎了一般。

罪过呀！罪过……从迷药里醒来不久的豆芽儿，被那个心疼她的老女人用一根手指粗的麻绳捆绑得严严实实。此时，她的一切感觉器官，都强烈地充盈着这样两个字：罪过！

这是豆芽儿自己的罪过呢！没有她生出出走的念头，带动了侯红琴一起出走，侯红琴会一个人出走吗？不会的。侯红琴不出走，就不会被拐卖。侯红琴被拐卖了就只能是她豆芽儿的错，豆芽儿的罪过。

尽管，豆芽儿也一起被拐卖了。

强烈的负罪感束缚着豆芽儿，似乎这种感觉比老女人捆绑她的麻绳还要让她难受。她宁愿自己一个人承担罪过，也不想让侯红琴受罪。但她是没有办法的，她就只有恨着自己，恨得自己咬着牙，"咯吧吧""咯吧吧"响着，都咬出了一嘴的血！

金巧巧的影子就在她满嘴是血的当口，又一次地映现了出来。

金巧巧向她坦诚地说了自己的身世，对此，她是感激金巧巧的，她是把金巧巧当成亲姐妹对待的。沟河村里的养父母对金巧巧非常好，非常亲，还有一个比金巧巧大几岁的哥哥，对妹妹也非常好，非常亲。在家里，金巧巧做对了是她的对，做错了呢，就成了哥哥的错，而性子像养父母的哥哥，仿佛也乐于承担那样的错。总之，金巧巧在沟河村的家里，是极受宠的，也是备受爱护的。然而，知道了自己有一对生身父母在陈仓城里后，金巧巧就无时无刻不想着他们了。

人啊！不论家贫，还是富有，能够生活在亲生父母身边，就一定是幸福的，反之，就很难说满是幸福，难免有欠缺感。

在此之前，也就是豆芽儿还不知道金巧巧的身世时，她没少眼红金巧巧。金巧巧那陈仓城里不敢暴露身份的生身父母，逮着空儿，就会回一趟沟河村。回来了，大包小包的，总会给金巧巧带回许多东西——穿的衣裳呀，吃的零嘴呀，还有花里胡哨的学习用品。沟河村里的小后生小女子谁有呢？没有，谁都没有，大家就只能如豆芽儿一样眼红了。自称金巧巧"二爸""二妈"的两个人非常洋气，穿戴打扮，举手投足，都是沟河村里见不着的……豆芽儿听说，他俩在陈仓城的医疗界混得不错，医术好不消说了，光光鲜鲜的，还官运亨通，二爸做着卫生局的大局长，二妈做着医院妇产科的主任。

倔强的侯红琴嘶喊声不断，叫骂声不断，让豆芽儿想着金巧巧的思绪被拉了回来。豆芽儿又想着侯红琴了，想她一天的时间就那么嘶喊叫骂，不知她吃饭了没有？豆芽儿是忘我地操心上侯红琴了。

八

像老女人自称的那样，她是一个好人。好些天了，豆芽儿也体会到，老女人确实是一个好人，给好吃的，给好喝的，尽着一切可能，小心地养着豆芽儿。她给豆芽儿说，人的命，天注定，走到哪一步，就是哪一步，人再犟，是犟不过命的。老女人说着时，还如陕北老家沟河村的奶亲一样，伸了手，在豆芽儿的头发上极其慈祥地"认"着。她一边"认"着，一边说着话。说她的命太不强了，养了个儿子，却死了老子。她给儿子娶不上媳妇，把她愁的，真想上吊死了去。儿子倒还好，从来不逼娘亲，还说他有办法。他能有啥办法呢？就是撇下娘亲，随了人四处去打工。"他挣的钱不多，挣下了就寄回来，我给他收着，攒了几年，刚好买得起一个你。"

老女人说到动情处，说得自己满眼都是泪。

为了证明她说的不虚，老女人还给豆芽儿漫花儿。老女人说她的耳朵好使，她已听出来了，豆芽儿是陕北那边的人。她说她不会唱陕北信天游，要会唱，她就给豆芽儿唱信天游，唱信天游解豆芽儿的心慌。她说她就会漫花儿，花儿和信天游一样，也能解人心慌哩。她这么说着，就有一曲花儿从她的嘴里漫出来了。

老女人漫的花儿是《想娘亲》：

一山山（者）高来么一山山（者）的低，
掬一回（者）苦菜嘛想一回你。
发一回（者）山水么冲了（者）一层泥，
想一回（者）娘亲嘛我脱一层皮。

漫了一曲花儿，老女人安慰豆芽儿，说你好生在家养着，你的男人过些日子就回来。回来了，咱放炮吃酒给你们圆房，咱要把事做得体体面面的，不能让人笑话了。

老女人的话，给豆芽儿透出一个信息，就是说那个被老女人称作豆芽儿男人的人，到外地打工去了。

豆芽儿闻言松了一口气,和老女人在一起,也不和她置气,两人过得很有些和睦劲儿。

不过呢,老女人捆绑豆芽儿的麻绳,不到时候,就绝对不给她松。

与老女人和睦地生活在一起,豆芽儿仍是要想起侯红琴的。刚被拐卖来的那一天,侯红琴的反应是强烈的,太强烈了,嘶喊叫骂了一天一夜。翻过一个晚上,便再听不见她的嘶喊和叫骂了。听不见侯红琴的嘶喊叫骂,让豆芽儿的心更是不安,她愿意侯红琴虽如自己一样被不幸地拐卖了来,但还不至于太不幸,能有一个缓冲的余地。豆芽儿是这么想的,可是过了两日,她又听到侯红琴的嘶喊和叫骂了。或是在白天,或是在深夜,听着那凄厉的、悲伤的嘶喊和叫骂,豆芽儿的心上,就像被人举着利刃,一下一下地割着,割得她仿佛一身的鲜血淋漓。

豆芽儿只能不断地责怪自己,觉得侯红琴受的罪,都是自己带来的。这让豆芽儿非常痛苦,想她是该看看侯红琴的。豆芽儿把她的想法给左右不离她的、自称为娘亲的老女人说了。说了几次了,老女人不说让她去,也不说不让她去。嘴里呢,只是哀叹连连,说那个女子命苦哩,遇合了一个瓜瓜,你说这日子咋过呀!

老女人哀叹的"那个女子",准定是侯红琴了。

是个天气晴好的早晨,自称豆芽儿娘亲的老女人,烧了水,让豆芽儿洗脸洗手,上厕所净身子。每到这时,老女人会解了豆芽儿脚手的绳子,一但净过了身子,洗了脸洗了手,老女人就又要细心地捆扎豆芽儿了——这是一个程序呢。老女人说,我得等你男人回来,把你交给了你男人,我就不捆扎你了,一切都由你男人,他有办法不捆扎你。

老女人把这样的话,说得都很温暖,说着时,脸上也如晴好的天气,满是灿烂的阳光。

老女人给豆芽儿说:"我儿子……呸呸,你说我这嘴,怎么就改不过腔呢?是你男人,他可是个好心人哩。"

豆芽儿心里是好笑的,"你男人",谁的男人呢?

老女人是不管心里好笑着的豆芽儿的,她还说着她的话:"他回来了,说不定怎么喜欢你哩。"

豆芽儿心里就更好笑了,因为她从老女人的脸上看到了妒忌的神色。

老女人没有住嘴,说:"我把话捎给你男人了,你听他是怎么说话的,他给我说,让我不要难为你,让我不要管他的事……他呀,说的都是啥话嘛!我是他娘亲,我能不管他的事吗?"

嘴上不停的老女人,手上也是不停的。

老女人例行公事地捆扎着豆芽儿,那根不粗不细的麻绳,在老女人的手上玩得极其熟练,好像不是老女人要捆扎豆芽儿,而是绳子生了灵性,缠缠绕绕地要捆扎豆芽儿。让人总要惊叹的是,绳子在捆扎豆芽儿的腿脚时,并不直接把两条腿捆扎在一起,而是在每条腿的脚踝上,采用死疙瘩的样式,各捆扎起一个大结,在两个大结之间留下一段绳头,刚好能小步走。这该是奇妙的,而更奇妙的是,在那段绳头上还要拴一截木棍,那截穿了眼儿的木棍,不长不短,卡尺等寸地系在绳头上,让你小步走时,还不能走快,走快了就会遭到那截棍子的敲打。

这截棍子又光又滑,不是人工打磨的那样一种滑,而是长久使用过的那样一种光滑。

这样的一截棍子,这样的结绳方法,在陕北老家的沟河村,豆芽儿是见识过的。但那仅限于对待牲畜,像撒欢子乱跑的小驴驹、小牛犊什么的。人们怕它们跑得远了,回不了家跑丢了,就用这样的方法把它们捆扎起来,既不限制它们走动,又不致使它们走丢了。应该承认,这是个非常智慧的做法,只是换了个地方,到了豆芽儿被拐卖的甘州,他们把在牲畜身上用的法子,"智慧"地用在豆芽儿的身上了。

老家的陕北人把这种限制牲畜活动的棍子,叫作"绞腿棍"。

在豆芽儿腿脚上绑绞腿棍是一回事,捆扎她双手又是另一回事。老女人总是做得一丝不苟。她使着那条生了灵性的绳子,像在豆芽儿的脚踝上捆扎时一样,又在豆芽儿的两个手腕上各扎起一个死疙瘩,并在双手之间留出一段绳头,让豆芽儿的双手还能较为自由地动起来。不过呢,老女人坚持把豆芽儿的双手绑在身后,在豆芽儿想做什么时,一只手要伸到身前来,另一只手就被牵引着费力地从身后向同一边伸过来,勉强地做事。

老女人在给豆芽儿绑绞腿棍时,总是非常小心,既要绑扎得牢靠,又要不伤豆芽儿。为免豆芽儿受疼,她还在绑绳的脚踝和手腕上,垫上套袖一样的厚布垫子,还一声声问豆芽儿:"不疼吧,不疼吧!"

这让豆芽儿太无奈了,而且也极沮丧,但她深知,这是毫无办法的,她只有逆来顺受一条路。不和老女人逆着来不等于豆芽儿没有期待,她是有期待的,期待那个买了她的男人回来,能如他的娘亲说的那样,不为难她。这不是个毫无根据的期待,因为豆芽儿看见了被自称为娘亲的老女人精心保护的、贴在屋内墙上的奖状。豆芽儿在老家沟河村,是村里得奖状最多的学生,她的奖状也是被一张张贴在墙上的。老女人把这个也得了很多奖状的人称为豆芽儿的男人,豆芽儿嘴上不认,心上更不认,但她还是很认墙上的那些奖状的。她想,能获得那么多奖状的人,定然是值得她期待的。

豆芽儿看得真切,获得这些奖状的人叫田希望。

存下了这样的期待,豆芽儿悲苦的心好受了些。这个早晨,老女人看着她洗手洗脸,又净了身子,给她捆扎绳索时,又情不自禁地漫起甘州的花儿,这让豆芽儿的心情好了许多。豆芽儿听得出来,老女人漫的是一曲甘州的《秃子尿炕》:

豌豆里(者)开花么麦子穗儿长,
奴的里(者)妈呀么卖奴不商量。
一卖里(者)卖在么深山洼,
深山里(者)洼里担水泪汪汪。
水担里(者)放在么半坡上,
跺脚里(者)张口么骂一场。
只说里(者)女婿么赶奴强,
又秃里(者)又瞎么又尿炕。

趁着老女人花儿漫得兴头好,豆芽儿又一次提出看侯红琴的想法。这一次,自称娘亲的老女人也是心情好,答应了豆芽儿,说:"是该去的,咱去么。"

九

谢天谢地,豆芽儿从被拐卖到这个山村来,头一次出了买她的人的家门。

是自称娘亲的老女人领着豆芽儿出门的。豆芽儿原先想,出门时老女人会解掉她身上的绳索的,但要出门了,老女人却不解她身上的绳索。这使豆芽儿迟疑了好一阵,她怕一身的绳捆索扎,让自己到了村街上像个囚犯一样,太难堪。老女人对此却一点知觉都没有,听了豆芽儿的请求,就带着她出门了。

在大门口,豆芽儿没有立即出门,她站住了说:"给我把绳解下吧,我不会乱跑的。"

老女人脸上是笑着的,说出的话却像石头一般硬:"给你说过了,等你男人回来了,让他给你解。"

豆芽儿还不甘心,说:"我这个样子出不了门。"

老女人就还干脆告诉豆芽儿:"怕丢人吗?嘻,我给你说哩,在咱这个地方,绑绞腿棍的媳妇儿多了,又不只你一个人。"老女人说得很真诚,但她看见豆芽儿还有疑惑,就又说:"你不要怀疑,我说的都是实话。一会儿出了门,你自己看么。像你么,说的是陕北话,人家就知道你是从陕北引来的。还有说河南话、四川话、贵州话的,说话什么腔调,就知道那是什么地方来的人。初来的日子,她们谁不绑绞腿棍?如今你问她们丢人吗,她们会像我一样给你笑着说的,不丢人。"

要不是心里惦念着侯红琴,豆芽儿不会听从老女人那样的说教。她宁肯窝在四墙合围、大门紧闭的屋子里,也不会绑着绳捆索扎的绞腿棍儿出门的。

老女人劝着豆芽儿,说:"走吧。头一步不好走,走出去了,就好走了。"

豆芽儿承认老女人说的没错,出门的那一步确实不好走,一但踏出门了,就真的没有什么不好走的了,尽管有绞腿棍绊着,她也能小步慢走,亦步亦趋地跟着老女人,在这个完全陌生的甘州深山里的小村里走着了。

小心翼翼地走着,迎面走来一两个村里人。从他们的脸上,豆芽儿看不出恶人的样子,大家都是和善可亲的,这让豆芽儿纳闷了。她想不通,这些和善可亲的人,怎么会不顾他人的情感,把人买到他们的家里。豆芽儿没法想通这个理儿,也没有时间想。迎面走来的人都会边走边热情地问候她,问她在这里吃不吃得习惯、喝不喝得习惯。豆芽儿顾不上回答这扑面而来的问候,倒是问候她的人会告诉她,不要紧,慢慢来,有啥不习惯的,过些日子就习惯了。有些人,走到豆芽儿的身边了,还会站下来,和豆芽儿多说几句话,说话时心疼地摸一摸豆芽儿的头发,拽一拽捆扎着豆芽儿脚手的麻绳……能这么心疼豆芽儿的人,就都是像老女人说的那些外地人了。她们说话的腔调,果然如老女人给豆芽儿介绍的那样,南腔北调,哪儿的都有。豆芽儿就想,她们应该都是绑过绞腿棍的人呢。

心疼着豆芽儿的人还说:"不要把绳扎紧了。"

满脸是笑的老女人回答:"放心吧你,我的人我知道轻重。"

心疼着豆芽儿的人接了话说:"是哩么。看我说的,不是我多心,是看你太欢喜咧。"

满脸是笑的老女人回答:"我能不欢喜吗?多俊样的女子,也是我家积的德,遇上了,我是要欢喜的。"

不停地有人问候,都是关爱心疼的话……没走几步路,老女人指着前面的一户人家,给豆芽儿说了,侯红琴就在那个家里。虽只走了短短一段路,豆芽儿也已看清楚,甘州深山和她的老家陕北深山,隔着千里万里,风土人情有许多不同,居住环境也颇多差别——陕北人能盖平顶楼房也不盖,都要箍成窑洞;甘州这里却基本上都是砖混的平顶房,条件好的,如她老家沟河村人在窑面上贴白瓷砖一样,这里是在墙面上贴白瓷砖。豆芽儿想得到,这应该也是村里人外出打工带来的新样式……可是侯红琴所在的那个家,却未经过改造,还是土木结构的样子,仄仄歪歪,十分破败。

| 111

尽管村街上，不断地有人关爱地跟自己搭话，豆芽儿一眼看见侯红琴所在的那个"家"，心情还是一下子恶劣起来了。

豆芽儿不和人搭腔，但她躲不过被人"关爱"，同时也躲不过被人骚扰。

是谁骚扰豆芽儿呢？自然是这个村子里的半大小子儿了。他们结伙成群，追前撵后，大呼小叫……叫的都是啥词儿呢，豆芽儿从那陌生的口音中是听得出来的，都不是什么好词儿，却尖锐得像蜂刺一般，直往耳朵眼里扎：

拴驴驹儿，摸屁股儿；
吃奶子儿，睡觉觉儿。

豆芽儿在心里猜想着，所谓的"拴驴驹儿"，是说被绳捆索扎了绞腿棍的她呢，至于下边的词儿，百分百都是淌黄水的流氓话。她的脸不由自主地烧起来了，像是起了火一样。看来野獾一样的后生儿，不独陕北老家的沟河村里有，这个陌生的地方也不少。这些个野獾一样的后生儿，不仅动嘴，他们还要动手的。突然有一只手摸在豆芽儿的屁股上了，她刚要躲开时，又有一只手摸到了她的胸前，让她躲不胜躲，羞恼不堪。幸亏还有那个自称娘亲的老女人挡着骂，张着两只手，像赶猫儿狗儿一样，哄赶着野獾一样的后生儿。可是她的哄赶一点作用都不起。豆芽儿甚至觉得，那样的哄赶不啻一种鼓励，使野獾一样的后生儿更加无法无天，狂野不羁。

村街上是有猫儿和狗儿的。豆芽儿到了陌生的地方，是最怕猫儿和狗儿的。但在这个陌生的村落里，她的脚上手上捆扎着麻绳，麻绳上绑着绞腿棍，要是猫儿狗儿向她袭来，她是毫无办法的。然而，倒是这些让人怯惧的猫儿狗儿，都乖顺地躲在一边，拿眼看着豆芽儿，一点都没难为她。这让豆芽儿心生了一股悲哀，她觉得满嘴关爱、满脸是笑的那些人，竟然比不上猫儿和狗儿。

　　说实话，豆芽儿走得是够小心的了，可那绑在身上的绞腿棍还不时教训她一下，"咚""咚""咚"……敲在她的腿杆上，让她吃足了绞腿棍的厉害。就这样，豆芽儿终于走进了侯红琴所在的那个破败的"家"。

　　出出进进的，这个破败的山村小院里竟然都是人，有担着水桶挑水的，有抡着板斧劈柴的，还有抹桌子端板凳的……大家忙成了一窝蜂。蓦地，豆芽儿看见贴在一扇房门上的对联——那是作为喜联用的吧，字迹太丑陋了，豆芽儿又是看，又是蒙，也没认出那副喜联上写的是啥字……豆芽儿痛苦地闭上了眼睛，心像泡在了黄莲汤里。

　　眼睛闭得上，鼻子和耳朵是闭不上的。痛苦着的豆芽儿分明嗅得见煮肉的香气，已经弥漫了这个破败的农家小院……很自然地，豆芽儿也听见了院子里的祝福和嬉笑声。

　　一切迹像都在说明，今天是侯红琴的"喜日子"，一个叫豆芽儿心碎的"喜日子"呀！

　　今日的侯红琴，会是明日的豆芽儿吗？

　　豆芽儿不敢往下想，她怕再想下去，自己会痛苦地晕倒过去。这时候，豆芽儿告诫自己，必须挺住，再痛苦都要挺起来，和她一起离家出走一起被骗遭拐卖的侯红琴，是需要她挺着的。

　　是个执事的人吧，过来和自称娘亲的老女人说话了。

　　那人说："还说去请您的，您倒是先来了。"

　　老女人说："我还用请吗？"

　　那人说："当然要请了。"

　　老女人说："忙你们的吧，我家媳妇和你家媳妇一起进的村，我带她去见一见你家媳妇。"

那人说:"应该的。"

豆芽儿有手,可她捂不了说话人的嘴,就在心里苦苦地对抗着,媳妇?谁是谁的媳妇?豆芽儿不要做人家的媳妇,侯红琴也不要做人家的媳妇。她是这么在心里抗争着,进了侯红琴低矮黑暗的住房的。她看见的侯红琴,身上穿着大红的衣裙,头上还插了大红的花朵,整个人已被打扮成新娘的模样了,却毫无生气地闭着眼睛,盘腿坐在一个铺了大红褥子的土炕上,面色一片惨白,仿佛一尊面塑,一动不动地死坐着……侯红琴的脚和手,像豆芽儿一样,也捆扎着绑了绞腿棍儿的绳索。

豆芽儿的声音是含了泪的,她说:"红琴,你把眼睛睁开来。"

侯红琴不是不知道豆芽儿来看她了。她是知道的,从豆芽儿进了她所在的这家院子,她就知道豆芽儿来了。在此之前,侯红琴是不知道豆芽儿的下落的。好多天了,她黑黑明明地想着豆芽儿,不知道和她一起被白胖女人拐卖了的豆芽儿,可也在她被拐卖来的这个小山村?这是个大不幸呢,侯红琴不想她被拐卖了,更不想豆芽儿也被拐卖了。可事实是那么的悲惨,她没能躲开被拐卖的厄运,豆芽儿能躲开吗?豆芽儿也没能躲开。果真如此,侯红琴倒是希望豆芽儿也能被拐卖到这个小山村里来。现在好了……啊啊,这是个甚好啊?不过侯红琴想了,起码是,她知道了豆芽儿也被拐卖来了。说心里话,侯红琴这时是多么期盼豆芽儿来看自己呀!在这个陌生的地方,只有受骗被拐的她和豆芽儿是知心的,可她痛恨着自己的遭遇,也担忧着豆芽儿的命运,以致豆芽儿来看她,她却连眼睛都不敢睁了。

守在侯红琴身边的,是几个年龄较长些的女人,她们的职责只有一个——看好侯红琴,可别出了岔子。对此,豆芽儿是看得明白的。她想和侯红琴单独说几句话,就用商量的口气,对自称娘亲的老女人说了自己的想法。老女人便善解人意地招呼守着侯红琴的女人,退到院子里去了。

布置得满眼是红的这间旧房里，只剩下豆芽儿和侯红琴了。这时候，侯红琴才把她闭着的眼睛睁开来……两个身处困境的好姐妹，在这个特殊的环境里，一时都不知道怎么开口，一个盯着一个看。是因为捆扎在她们身上的绳索和绞腿棍呢，还是装扮得红透了房梁的屋子，豆芽儿和侯红琴相互看着，却毫无来由地笑了起来，而且笑得还出了声。

她们是应该哭的呀！却怎么就笑了呢？

这么出声地笑着，便引得出了屋子的那几个女人，探头探脑地往屋子里看了。看就看吧，豆芽儿和侯红琴索性笑得更欢了……正笑着，豆芽儿感到自己的眼睛湿了，再看侯红琴，发现她的眼睛里也有泪滴在大颗大颗地涌出……豆芽儿开口说话了。

豆芽儿说："你说咱那个校长，他咋能给咱们学生下跪呢？"

侯红琴没有想到，豆芽儿和她在这个地方，这个日子，会说出这样一句话。不过呢，她觉得这话说得是有道理的。因此，她跟着也说："是啊，校长他不该给咱学生下跪呀。"

豆芽儿说："我恨校长。"

侯红琴说："我也恨校长。"

豆芽儿说："我恨人贩子。"

侯红琴说："我也恨人贩子。"

…………

无可奈何的豆芽儿和侯红琴一路恨着，把她们能想到的人都恨了一遍。到了呢，豆芽儿给侯红琴还说："我恨我自己，你也恨我吧，是我害了你的。"侯红琴不让豆芽儿这么说，还劝豆芽儿不要恨自己，她也不恨豆芽儿，这不是她们要恨的。

豆芽儿就说了："那么，我们该恨谁呢？"

侯红琴像豆芽儿一样糊涂，说："我也不知道该恨谁。"

热闹得几乎翻了天的院子里，来了一个响器班子，刚进门，就呜哩哇啦地吹打起来了，听那声调倒是蛮喜庆的……正吹奏着，还有人点燃了炮仗，噼里啪啦响个不停，破败的小村小院，一下子就更热闹了，热闹得像翻了天。

十

自称娘亲的老女人，嘴里不停地打着酒嗝，她牵着豆芽儿要回家了。

是个年近五十的男人呢，他穿得一身新，手里端着个斟满了酒的小黑瓷碗，追了过来，要老女人再喝一口。老女人是不能喝了，抬手推着酒碗，便和豆芽儿小步快走地往出挪……不用问，豆芽儿已经知道，这个老男人就是今天的主角。他在院子里开设的酒席桌之间来去穿梭，手里的酒碗就没空过，一直粗声大气地号吵着，要大家"吃好了，喝好了"，不要事后说他没把大家待承好……他追着老女人，追得老女人脱不开身，干脆站下来，接过了碗，望着这个咧着大嘴号吵的人，给他说："你真要再敬我的酒？"

嘴里号吵的人说："真敬么。"

老女人说："那你给我保证，要听我的一句话。"

号吵的人说："我听么。"

老女人说："心急吃不了热豆腐，你是要用点心的，对人家女娃儿要好，你有好心，才能换来好脸色。"

老女人说着，就仰了脖子，把那小黑碗里的酒浆都倒进了嘴里。

这使豆芽儿对这个老女人几乎要刮目相看了……回家的路上，老女人一嘴酒气地给豆芽儿说，那个瓜瓜呀，才是不会听人话的。你知道他相过几个女人吗？在一个村子住着，我都数不过来了。他也出门打工，挣下钱了，回来引一个女人，办一场酒席，但他守不住女人，人家跑了，他又出门打工，挣下钱回来再引女人……他一个瓜瓜子，怕是要在引女人的路上碰死的呢。

耳朵里嗡嗡响着的，都是老女人的絮叨。豆芽儿就想——是乐观地想了，她的好姐妹侯红琴，也能快快地从那个瓜瓜男人的手里跑掉。

为此，豆芽儿在她的心里，都已阿弥陀佛地祈祷着了。

豆芽儿还想，她也是要跑的……但她奈何不了脚上的绳索、手上的绳索，以及绑在两腿间的绞腿棍儿。她的行动太不方便了，在自称娘亲的老女人的家里，豆芽儿所能做的，就只有在不大的院子里小步转悠了。好在，像老家沟河村的奶亲一样，老女人也养了一只老母鸡，老母鸡又刚好孵了一窝小鸡崽，豆芽儿就把她的注意力，全都放在了老母鸡和小鸡崽身上了。

豆芽儿悲哀地想，她是连小鸡崽都不如吧！

现在的豆芽儿，已经知道她所在的这个甘州小山村叫瘦马脊梁。她在瘦马脊梁度日如年地过着日子。这一天呢，豆芽儿太无聊了，她撵着老母鸡和小鸡崽在院子里转悠了一阵，转悠得乏了，就回到自己住的屋子里。本来呢，她是想在炕上躺一会儿的，却倏忽发现，墙上有个砖砌的窑窝，窑窝里整齐地码着一摞摞的书。这个发现，使豆芽儿有了点儿兴奋，她站在炕上，从窑窝里取书来看，一看就知道都是中学的课本。

这可太对豆芽儿的胃口了。

豆芽儿当下毫不客气地把那些中学课本都翻出来，在这个难称是

"家"的家里,如饥似渴地读了起来。豆芽儿看了,有些课文她是学过的,还有一些呢,她就没有学过了。不管是学过的,还是没有学过的,无所事事的豆芽儿都挨页挨题,一本不落,一题不少地看着……真是奇怪呢,原来坐在教室里时感觉十分艰涩的课题,在这受困的小山村里,没有老师辅导,仅靠自学,豆芽儿却学得很顺畅,便是那些从没涉猎过的课题,在她的眼里,也容易理解,不难解析。

发现豆芽儿热心于学习课本,倒使老女人一直提着的心放下了一些。她甚至找来了笔墨,找来了纸张,让豆芽儿验算课本上的题目。老女人给豆芽儿说:"都是你男人念过的书,他出门打工去了,没了用处,就都收拾起来,摞在窑窝里。现在好了,你来了,没人给你做伴儿,就由书给你做伴儿吧。"

老女人心里高兴着,还说:"你呀,和你男人都是爱读书的人哩。"

老女人说:"以后有了娃娃,定会是个爱读书的!"

男人……无论什么时候,豆芽儿听老女人给她说"你男人",她都从心里反感着,觉得那么刺耳……此刻因为书的缘故吧,豆芽儿不去计较了,她埋着头,聚精会神在每一页书里,暂时把她心中的不快和悲苦忘记了。

豆芽儿忘记的还有时间。也不知过了多少天,一个日头西斜的下午,她还沉浸在书本中,为一道三次方程数学题,演算得兴趣盎然时,有个人背着大包小包,风吼雷响地从大门里进来了。豆芽儿是太爱读书了,她的手里有了书读,就对这里的其他物事不甚感兴趣了,特别是对这个村子的来人,就更没有兴趣。豆芽儿知觉有人进门了,但她没有抬头,倒是陪着她吃,陪着她睡,把她看得很紧的老女人,看着进门的人,立马欢呼雀跃起来,撵到进门人的跟前,接了他背在身上的大包小包,埋怨他咋才回来:"是口信捎得晚了?是你人忙脱不开身？你呀，急死我了……"老女人的热情，撞在进门人的身上，像是撞在一块冒着寒气的冰块上，没有得到一点儿回应。老女人呢，却还不咋知觉，很是傲气地给进门人介绍了："你快看呀，看你的媳妇，多妙的一个人儿啊！细皮嫩肉，就是你想要的好读书的人哩。你个碎东西不回来，把人家媳妇留在冷炕上，晾了好些天了，你回来了，咱赶紧办事，不要夜长了，做出个怪梦来。"

书本不能吸引豆芽儿了。她把眼睛从书页上抬了一点儿，看了进门人一眼，知道他该是老女人一直比画的她的"男人"了。

这是惊慌的一眼呢。看过了，豆芽儿觉得这个叫田希望的人还不难看，高挑的身材，配着一张棱角分明的脸，很有那么点儿帅气的呢……只不过，这个人回了他的家，却并不怎么高兴，脸儿绷得紧紧的，好像正和谁置着气。

和谁置着气呢？

豆芽儿看得出来，自然是和老女人置气的。而老女人呢，却还没有知觉，依然欢天喜地，嘴吧碎碎地说："快把你的包打开，让你媳妇看看，都是啥稀罕物儿，你们要圆房了，是必需些稀罕物儿的。"

进门来的田希望，很显然地，是被老女人逼得说话了。他说："我给你说过了，你这么做是犯法的，我不要你这么做。"

老女人一定是吃过高兴药了，她才不理会儿子田希望的态度，坚持照着自己想的做，照着自己想的说。她说了："犯法？看你娃说的，要是犯法，你的先人早就犯法了，没有你先人犯法就没有一个你……"老女人说得理直气壮，说得毋庸辩驳。她说得口热了，就还说村上人都犯法了，没有村上人犯法，连这个村子怕都没有了！

田希望几次想插嘴，都没能插进来，气得脚一跺，端过一个盛着水的大茶缸，咕嘟咕嘟灌了几口水。

老女人便很得意，还逼着田希望，说："怎么样呢？你倒是说话呀？谁犯了法咧？"

田希望把大茶缸里的水喝得见了底，"咚"地撂在身边的木柜上，气咻咻地说："我不说了，也不想听你说。"

老女人就更得意了，说："好么，你不想听我说话，我给咱漫花儿。你出门许多天了，没听娘漫花儿了，娘给你漫几句，你不是很爱听娘漫花儿吗？"老女人说着话，轻轻地咳了一下嗓子，就很悠然地漫起她的花儿了。

老女人给她儿子田希望漫的花儿是《走州过县数汉子》：

> 黄河上渡过了一辈（者）子，
> 浪尖上耍花（者）子哩。
> 上走了西宁的碾背（者）城，
> 下走了窑街的（者）大通。
> 走罢了凉州了走（者）甘州，
> 嘉峪关靠的是（者）肃州。
> 连走了三年的西（者）口外，
> 知道西唐河里的（者）水大。
> 尕马（哈）骑上走（者）云南，
> 捎带么走了个（者）四川。
> 雍州的草帽是十八（者）转，
> 长安城里打了个（者）过站。

十一

悄悄地，天又黑下来了。

一连几天，回到家的田希望，和他的娘亲拧着劲——他的娘亲逼着他和豆芽儿圆房。老娘亲把啥方法都使出来了，先是说，说不动了，就强逼，却还是逼不动……老娘亲就不说，也不逼了，自个儿兴冲冲地掐着指头，谋划着给田希望和豆芽儿办喜酒。她认真地算着来客的人数，认真地算着酒席的摆法……任凭老娘亲怎么谋划，到了田希望的嘴头上，都被毫不含糊地否定了。在这个天又黑下来的傍晚，娘儿俩为了这事又是水火不容地争了起来，争得田希望急了，就给他的娘亲说他真是不该回来，他事情缠身，没空儿在家里待。说着说着，还说明早就走人。

被绳捆索扎的豆芽儿，在田希望回家的几天里，静静地听着他们娘儿俩争吵，这使她几乎死了的心，渐渐地又活了过来。

豆芽儿感激着田希望，觉得他在外面打工，一定见识了不少，回到家里来，才有这么明智的态度。

娘儿俩的争吵，看来是吵不出个结果了。尤其是，田希望撂出"天明就走"的话后，他的娘亲把他拿眼睛盯着，几乎要盯得田希望的脸上流血了。怔怔地盯了一会儿，田希望的娘亲突然就哭了起来，两只手在她坐着的炕沿上，没轻没重地拍着，哭着拍着，也未能改变他儿子田希望的态度……田希望的娘亲就不哭了，也不拍了。

娘亲给田希望说："我再问你一句话，你是要气死你的娘亲吗？"

田希望说："我不是气娘亲，我没办法那么做。"

娘亲便不和田希望说话了。她甚至连看都不看他一眼，只从坐着的炕沿上站起来，抬手抹着脸上的泪滴，迈着很大的步子，坚定有力地走出了她的家门……豆芽儿担起心来,她不知道气鼓鼓走出家门的老人会做出什么事来,就很不安地睁着她好看的大眼睛,瞧着同样气鼓鼓的田希望,希望他能跟着他的娘亲出去,可别出了甚邪事。

显然,田希望读懂了豆芽儿眼里的内容。他给豆芽儿说:"放你的心吧。我的娘亲找人去了,她就剩下这一招了,找来村里人,拿话压我的。"

田希望这么给豆芽儿说的同时,还走近她,动手来解捆扎在她身上的绳索和绞腿棍……差不多就在田希望把捆扎在豆芽儿身上的绳索和绞腿棍儿都要解除完的时候,他的娘亲正如他说的,从村子里找了一大拨人赶回来了。豆芽儿想,知母莫如子,田希望把他的娘亲是摸得透透的了。豆芽儿还想,刚硬正派的田希望是会继续顶下去的,只要他把娘亲的这一招再顶回去,她就有自己的希望了。

豆芽儿相信,田希望做好了准备,他是一定顶得过娘亲这一招的。

很是乐观的豆芽儿,摸着解除了绳索捆扎的手腕,准备看看接下来的顶牛大戏……然而,让她始料不及的是,呼啦啦涌进门来的村里人,在田希望娘亲的指挥下,做他们预谋的事情了。来人都分了工:如田希望娘亲一样的老女人都蜂拥到了豆芽儿的身边;是胡子拉碴的老男人呢,都蜂拥到了田希望的身边,两拨子人很有经验地把豆芽儿和田希望分了开来。围着豆芽儿的老女人们,也不和豆芽儿熬牙,她们捉胳膊抬脚,把豆芽儿架到另一间屋子里,这是田希望的娘亲为豆芽儿和田希望"圆房"准备的洞房。来人在这间屋子里,麻利地点起早就准备好了的两根大红喜烛,摇曳的红色烛火照着屋子里忙忙乱乱的人影。有人翻出新里新面的褥子,铺在了土炕上;有人翻出新里新面的被子,又铺在褥子上面。做好这一切准备后,围着豆芽儿的老女人们开始解豆芽儿衣服上的纽扣和裤带了。她们干起这些活儿来,真是快捷极了，让豆芽儿猝不及防，几乎来不及喊叫挣扎，就已被脱得一丝不挂。她们还取来刚刚从她身上解下来的绳索，又捆扎在了她的脚踝和手腕上，横抬着把她塞进被窝里，然后退出红烛高照的屋子，像来时一样呼啦啦散去了。

这事来得太快了，如风一样，让豆芽儿想都来不及想。

那些围着田希望的老男人们，看到大事已经办妥，也就不再纠缠田希望，嘻嘻哈哈地乐着，就散去了。不过，他们散去时，都还用言语鼓励着田希望，好肉放到你娃嘴边了，你能不馋？张大嘴吃去吧，你不吃，迟早有人吃了的。

把村里的人送到门口，田希望的娘亲先是声音很响地关了头门，接着回到她自己住的屋子，又是声音很响地关了屋门。

田希望孤独地站在空落落的院子里，抬头看天。天上的星星真是亮啊，他一颗一颗地数着，感到特别的凄清，他想起了他的爹亲……他小的时候，他听他的娘亲时常恶恨恨地咒骂，骂他的爹亲短寿死，绳捆索扎把人害，她活着饶不了他，死了变鬼也饶不了他……如今，娘亲咋就把她当年的痛苦忘了，要他重复他爹亲的罪孽呢？

莫可奈何的田希望，守在院子里，一会儿走走，一会儿停停，直到鸡叫了，他才走进权作洞房的屋子，坐在散发着新褥子新被子新棉花味道的炕沿上，看着眼睛睁得大大的豆芽儿，几次开口，又几次闭上，他是想给豆芽儿说些什么的，却又不知道怎么说。

火苗跳蹿着的两根大红喜烛，一直不熄地燃烧着。

田希望终于说出话来了。他问豆芽儿："你还是个中学生吧？你怎么就被人拐卖了？"

光着身子，被捆扎了脚手的豆芽儿，钻在被窝里，听着田希望这么问她，真想张口叫他一声哥哥的。

豆芽儿叫不出来，就对田希望说了她离家出走的原因，还有跟侯红琴一起到陈仓城寻找娘亲、爹亲的实情。田希望听完,也顾不了许多,就把捆扎着豆芽儿的绳索解开了。他背过身去给豆芽儿说:"你穿好衣服,我送你走,到陈仓城去,去找你的娘亲、爹亲去。"

天上真会掉馅饼啊!豆芽儿哭了,她边哭边穿衣服,扣子都没系好,就从炕上出溜下来。可抬脚就要走出红烛高照的屋子时,她却不走了……僵僵地站了一会儿,又慢慢地转回头来,她看着田希望,说她还不能走,说她走了侯红琴怎么办,她不能把侯红琴丢在这里一个人走。

这是一个问题呢。田希望就不好让豆芽儿先走了。

豆芽儿扑闪着眼睛说:"你把好人做到底吧,也帮侯红琴一把。"

田希望攥紧了拳头,痛苦地在自己的头上擂了两下。

豆芽儿走到田希望的身边,她拉起田希望的手,对他说:"你站了半夜了,上炕吧,上炕歇一会儿。"

小小地踱着步子,豆芽儿牵着田希望的手,到了炕角前,豆芽儿脱了鞋,自己就先上了炕,把腿暖在被窝里了,再招呼田希望上炕。田希望先是迟疑的,经不住豆芽儿再三地说,他终于抬腿坐在了炕上。

恰在这时,院子里发出一阵棍子倒地的响声……坐在炕上的豆芽儿和田希望就都笑了。他们猜得出来,是田希望的娘亲呢,她一定没有睡觉,在院子里警惕地监视着他们。他们都上炕了,老人放心了,这才弄出了那一声响。尽管是这一声响惹得豆芽儿和田希望笑了,但他们知觉这笑是一个亲兄长对小妹、小妹对亲兄长的笑哩,两个人就都笑得更开心了。

他们没有睡觉,坐在炕上说话了。

这样的话口一开,便如决堤的江水,是收都收不住的。豆芽儿说了她的哥哥豆饼儿，不争气的哥哥豆饼儿……说了她的奶亲，瞎了眼睛的奶亲……说了奶亲的老母鸡："像你的娘亲养的老母鸡一样，是孵了小鸡崽的，多么幸福的小鸡崽啊，它们都能安享到老母鸡的温暖，而我呢……我羡慕小鸡崽们，实在是羡慕它们呢。"

豆芽儿说着，就还说到她打工的娘亲和爹亲。

豆芽儿说她娘亲、爹亲在关中西府的陈仓城里打着工。陈仓城里有个青铜雕塑的鸡婆，娘亲在那座巨大的青铜鸡婆前照了像。还说是个人呢，心里高兴了，不高兴了，有冤屈呢，没有冤屈呢，都能到青铜鸡婆跟前去，给青铜鸡婆说说的，祈求青铜鸡婆开恩，高兴了的更高兴，不高兴了的也高兴，至于心里的冤屈，自然也就一笔勾销了。

田希望没让豆芽儿一个人说。他逮着空儿也插进来说了，说了他家的情况，还说了他在村里时的情况。这让豆芽儿知道了，他也是个热爱读书的好青年哩！可是山里的教育水平太差了，他即便是山村学校的状元，也无法考上城里的大学，就只有进城去打工了。打工可是不容易哩，要学技术，要没头没尾地加班。老板不把打工者当人看，像使牲口一样地用，用得人只想跳楼。他打工的工厂隔上一段时间，就有一个打工者跳楼而亡。

听到这样的话，豆芽儿吃惊地插话了，说："怎么会是这样呢？"

田希望苦苦地笑着，把他的头摇得像拨浪鼓，说："我也不知道。但我看了你在我家自学时写的作业，我觉得你的天资不错，是个读书的料。你以后可以好好读书的，读好了，也好改变自己的命运。"

豆芽儿被田希望一会儿说得伤心，一会儿又说得开心。她开心着，就从贴身的衣服口袋里取出她带着的娘亲的照片，交给田希望看……田希望正看着，却突然听见黑漆漆的山村里，响起了一阵纷乱的狗叫。

很凄厉很吓人的狗叫呢,有了一声,便带出一片,不是很大的山村里就满是狗的吠叫声了。与此同时,还爆发出一片嘈杂的人声,踢踢踏踏,随着狗的吠叫声向村外跑去了。

十二

是侯红琴跑了吗?隐隐约约的,豆芽儿听出来,是她的好姐妹侯红琴跑了。这是豆芽儿愿意听到的消息,她希望侯红琴跑了的,跑得远远的,不要被四处撵她的人追上……刚才豆芽儿还和田希望说要帮助侯红琴哩,他们没有帮上手,侯红琴自己就先跑了……在心里为跑了的侯红琴加油的豆芽儿,按捺不住自己的冲动,真想从炕上一跃而起,跑出去,和侯红琴一起跑了。

田希望不聋不哑,他是听到村街上追撵侯红琴的嘈杂声了,可他没有动,只是仔细地听着那一声声不明事由的狗吠和人喊。

田希望的娘亲来指派了,她隔窗对田希望说:"去吧,你也去跑跑腿吧。"

田希望能说什么呢?他只有听从娘亲的指派了。豆芽儿也愿意他出门跑跑腿的,回来了,也好给她说个准信儿……这个在甘州深山里的瘦马脊梁村,不需要动员,只要一说拐来的媳妇跑了,大家都会撵出来的,不分黑夜,不分白天,很自觉地分出几队人马,顺着出村进村的几条道路狂追而去。

田希望的娘亲没有出去跑腿,她留在家里,更加谨慎地守着豆芽儿。

刚才的嘈杂声,随着人们的奔跑,很快从村子里转移到了村外,并且一点点地远去……豆芽儿无限忧伤地为侯红琴祈祷着。为了灵验，她还把娘亲跟青铜鸡婆的合影举在手里，祈愿神灵保佑，让侯红琴快快地跑，快快地跑……

天色在豆芽儿默默的祈祷中，现出了一层薄薄的亮白……她又听到村里的嘈杂声了。

在这叫人心惊肉跳的嘈杂声里，一个男人的号哭声格外突出。

是谁在悲怨地号哭呢？

是买了侯红琴的瓜瓜男人吗？

是的，田希望的娘亲说了，那尖利的哭声就是瓜瓜男人发出的……瓜瓜男人的号哭声越来越清晰，就连不熟悉他的豆芽儿也辨认出来了。瓜瓜男人哭叫着侯红琴的名字，说你瞎跑啥嘛？那么黑的天……啊哈……那么黑的地……啊哈……那么陡的路……啊哈……那么深的沟……啊哈……你要怎么跑呢？看把你跑得跌进沟里去么！

听着瓜瓜男人撕心裂肺的哭叫，豆芽儿的心凉下来了。侯红琴没能跑出去，还跑得跌进了深沟，把自己摔着了。

侯红琴摔得怎么样？受伤了吗？伤重不重？别不是还有什么不测？豆芽儿想着，心就不是凉，而是焦急得火烧火燎了。

豆芽儿央求着田希望的娘亲，说："让我看看侯红琴去。"

田希望的娘亲没有答应，说："有啥好看的！"

豆芽儿听出了话中的意味，便很忧心地说："他们不会打她吧？"

田希望的娘亲以过来人的口吻说："打是轻的，看不要了她的命。"

这话说得太冷酷，豆芽儿想要站起来向外冲，但她又被捆扎着脚手的绳索限制着，没法冲起来。特别是绑扎在两腿之间的绞腿棍儿，在这时候起着大作用呢，轻轻地把它碰一下，就会把自己摔在地上。

给豆芽儿的脚手上捆扎麻绳，拴绑绞腿棍，是田希望得了他娘亲的指派，出门去撵侯红琴后，田希望的娘亲才又实施的。

田希望从豆芽儿身上解除掉的麻绳就撂在炕脚底下。田希望的娘亲弯腰拾了起来，抖了抖麻绳上的土，走到豆芽儿的跟前，让豆芽儿背过身，照着原来的样子，仔细认真地把豆芽儿再次捆扎起来，自然地，没忘给她绑上绞腿棍。

豆芽儿奇怪，在田希望的娘亲再次捆扎她时，如果她要反抗，那老女人凭一副老身子，是奈何不了她的。可她没有反抗，不仅没有反抗，反而还很配合。田希望的娘亲捆扎她的手腕时，她主动伸手，捆扎她的脚踝时，她主动递脚。

牢牢捆扎着豆芽儿的绳索和绞腿棍虽然起着作用，但心里不能再忍的豆芽儿却从炕上下到地上，不顾一切地往外冲了。冲了两步，就被绞腿棍绊倒在地上，她没觉得疼，还要爬起来再次往外冲，冲到院子了，却见田希望推开院门回来了。

回来了的田希望滚了一身的泥水。

田希望说了一个惊天的消息："侯红琴死了！"

闻听消息，豆芽儿刚刚奋力挺起的身子，软塌塌地又一次摔在了地上。

能有什么办法呢？在瘦马脊梁村，侯红琴死命抵抗着瓜瓜男人，就是捆扎了她的脚和手，她还有牙，泼上性命也不让瓜瓜男人近她的身子。几天时间过去了，侯红琴累了，瓜瓜男人这才侥幸得了手。得了手的瓜瓜男人就有些放松警惕，在侯红琴下炕解手时，瓜瓜男人解除了她脚上手上的绳索，这就给了侯红琴逃跑的机会。她路不熟，跑出村子不远便迷了路，但她一直在跑，跑啊跑，只有跑着，她才觉出生命的自由……她跑不过村里人的追撵，就在一伙人喊她"别跑了，跑也是枉然"的吼呼声里，她奔跑的一只脚踩空了，身子跌在沟底的一块大石头上，她当场就跌得断了气。

安埋侯红琴的日子选在三日后的上午，豆芽儿去送侯红琴了。

侯红琴的死，给了田希望说服娘亲的一个理由。捆扎在豆芽儿脚手上的麻绳被彻底地解除了。田希望的娘亲答应豆芽儿，不再为难她了，她想留了就留下来，给田希望做媳妇，自己会疼爱她的，像亲闺女一样疼爱她；不想留了，就去吧，想去哪儿去哪儿，自己不干涉她了。田希望的娘亲说得悲悲凄凄，还对儿子田希望说，你的事我也不管了，你有办法，就给自己找个女人，没有办法，不要怪娘亲不使力。娘亲老了，不想手里也沾一条人命。

豆芽儿高兴于田希望娘亲最后的明白，但她知道这份明白是好姐妹的命换来的，心里就又特别的难受。

豆芽儿头一次进瓜瓜男人的家时，正逢瓜瓜男人兴高采烈地给他和侯红琴办喜事；再一次进瓜瓜男人的家，却见瓜瓜男人哭哭啼啼地给侯红琴办丧事……短短的几个日头，她和好姐妹侯红琴已经是阴阳两隔了。豆芽儿踱着步子，走到被敛着侯红琴的棺材前，一下子扑到棺材上，脸贴着冰凉的棺材板，任凭心碎的眼泪流出来。

听说瓜瓜男人三天来守着侯红琴的尸体，不离不弃，不吃不喝，来人哭他就哭，哭得已经没了声。

豆芽儿来哭她的好姐妹侯红琴，瓜瓜男人跟上也就哭起来了。他的哭已经成了一种呜咽，一声一声，哀哀地叫着："红琴呀红琴，红琴呀红琴……你是个傻女子哩，你不要跑么……你跑……你跑……你把你跑没了……"

豆牙儿瞥了一眼哀哭的瓜瓜男人，看他失魂落魄的样子，实在不知他的悲哭，是哭跑没了的侯红琴，还是哭他自己。

跟着田希望和豆芽儿来到瓜瓜男人家的，还有明白过来的田希望的娘亲，老人忍不住也哭了。她哭着呢，情不自禁地又低声漫起了花儿：

上去（者）高山么望平川，
平川地里（者）有一朵牡丹。
看去（者）容易摘来难，
摘到手（者）嘛也是枉然。

在侯红琴的棺材前，田希望的娘亲把这首名叫《想枉然》的花儿低声地漫了一遍又一遍……她把豆芽儿漫得心碎了，可她还由不了自己，又漫起一曲《哪达想起哪达哭》：

阳坡里的么糜子背洼子里（者）谷，
哪达哟想起嘛哪达子里（者）哭。
想呀么想你（者）猫爪爪挖，
又不知道么（者）还出啥麻达？

十三

村口的山坡梁梁上，满是青草和野花，侯红琴的黄土坟堆，赫然凸起在随风摇动的花草之中。豆芽儿背着她的双肩带书包，跟在田希望的身后，从田希望家里走出来，走过了高低不平的村道。再转一个弯，就把瘦马脊梁抛到脑后了，她忍不住回了一下头。

对于这个伤心地，豆芽儿原来想，她是不会回头的。

可她回头了。这迅速的扭头一瞥中，豆芽儿看见了田希望的娘亲。老人一步追着一步，撵着田希望和她的背影，一会儿举一下手，在眼眶上沾一下，一会儿举一下手，在眼眶上沾一下……跟在她身后的，还有她孵养的那窝小鸡崽，在老母鸡的率领下，浩浩荡荡地走着，走得急时，还扑棱着翅膀腾空一下。

豆芽儿给田希望说："我给侯红琴告别一声吧。"

田希望说："是该告别一声的。"

两人一前一后，踩着青草和野花，爬到侯红琴的坟堆前，默默地咕哝了几声，便又转身离去，走向离瘦马脊梁村不远的公路，去搭乘长途客车，直奔豆芽儿梦寐以求的陈仓城。

因为是个白天，豆芽儿看见了高耸入云的大厦，看见了服装美艳的人潮，她知道，亲爱的娘亲和爹亲就在这座城市里。她的离家出走，不知让娘亲和爹亲熬煎成了什么样子。豆芽儿是这么想的，却不急着先见娘亲和爹亲，而想先看看青铜雕塑的鸡婆。

豆芽儿问田希望："你见过青铜雕塑的鸡婆吗？"

田希望不在陈仓城打工，要不是豆芽儿给他说，他是不晓得青铜鸡婆雕塑的，更不晓得青铜鸡婆雕塑的神奇之处。听豆芽儿又一次问他，他就实诚地回答："没有见过。"

豆芽儿就说："那咱先去看青铜鸡婆雕塑吧。"

田希望没有异议，两人一路打听着，这就去了安放青铜鸡婆雕塑的广场。豆芽儿没有见过那么新颖宽阔的广场，那上面有剪裁整齐的绿篱，有叶片喧响的树木，有绿如地毯的草坪，还有丽影翩跹的人群，唯独不见青铜鸡婆雕塑。

豆芽儿向人打听，知道的人给她指着一个造型古雅的石砌墩台说："昨天深夜，不知谁把雕塑偷跑了。"

怎么会是这样呢？泪水再一次地涌满了豆芽儿的眼眶。

下篇　你说我是谁

一

好些日子了,张淑琴总是歌不离口。她唱着歌儿洗衣服,唱着歌儿下厨房,唱着歌儿出门进门……她是真高兴呢。女儿金晶晶参加中考,在陈仓市考了个第一名,被陈仓市的实验中学录取了。实验中学啊,可是不得了呢!用流行于陈仓市教育界的一句话说,中考进了实验中学,就等于进了大学的门,而且还是重点大学的门哩!大红封面上烫着金字的入学通知书早几天已送到了家里,只等开学的时间一到,就可以送晶晶到全市中学生梦寐以求的学校去上学了……这是个大喜事呢!还有个大喜事,跟在金晶晶考上实验中学的喜讯后面,呼呼啦啦,像只生了翅膀的鸟儿一般,在闾里坊间风传着——她的丈夫金宝岐,有望就任陈仓市副市长。

双喜临门,张淑琴就只有开口唱歌了。

在陕北的山洼洼里长了小二十岁,张淑琴耳濡目染,是很会唱一些信天游的。平时单位搞个什么活动,她登上台子,亮开嗓子就能美美地唱一曲。老版的《东方红》,传统的《三十里铺》《五哥放羊》什么的,她都唱得了,但她最爱唱的还是《蓝花花》。这两天,她是情不自禁的,一开口就是唱她烂熟的《蓝花花》了:

　　青线线那个蓝线线,
　　蓝个莹莹的彩,
　　生下一个蓝花花,

实实地爱死个人。

张淑琴唱得脸儿红扑扑的,似乎还年轻了几岁。

女儿金晶晶与同学们有个约会,晚饭不回家吃,但张淑琴还是招呼豆芽儿下了厨房,做了饭——女儿不吃还有丈夫呢。在卫生局当局长的丈夫金宝岐下乡三天了,打电话回来,说他今天回家,张淑琴就一定要做好饭菜等着丈夫回来吃了。

做些什么菜呢?张淑琴稍加思索,就让豆芽儿先切了一盘老虎菜,又煮了一盘花生米,再炒了一盘尖椒肉片和一盘鸡蛋韭菜,一一端着上了餐桌。你还别说,到张淑琴的家里来做保姆,豆芽儿适应得非常快。锅上灶上,洗洗涮涮,她一进这家的门,就做得很不错,这可全有赖于她在沟河村时的锻炼了。爹亲、娘亲在外打工,奶亲又是一个双目失明的人,有个哥哥豆饼儿,不是惹事,就是生非,家务事一点儿都不插手,全家就指望她豆芽儿一个人了。想不到那样的锻炼,在这里派上用场了。她做什么,都能得到张淑琴的表扬。就说眼前这老虎菜吧,豆芽儿切得可真细呀;花生米煮得特别香;尖椒肉片和鸡蛋韭菜都炒得非常嫩。几个菜在餐桌上插花地放着,不用吃,看一眼都能馋出口水来。

张淑琴爱唱信天游,她一旦唱起来,还要豆芽儿来呼应。豆芽儿也不扭捏,张嘴就能跟上她的调儿来。刚才,张淑琴唱《蓝花花》,她唱了前一段,豆芽儿就给她接第二段了:

五谷里的那个田苗子,

数上高粱高,

一十三省的女儿哟,

就数那个蓝花花好!

张淑琴本来有她自己的事情做，都是她工作上的，但面对接踵而来的喜讯，她是开心的，太开心了！因此，她就也系上围裙，帮着豆芽儿在锅灶上忙活了。忙出一桌菜来，她高兴地看着，这就摘下身上的围裙，搭在一边的衣架上，与豆芽儿一唱一和起来。她亮闪闪的眼睛四下一瞥，这就看见了餐厅一角的酒柜，于是又咦咦呀呀唱着歌儿取来一瓶红酒和两只高脚杯，一并放在餐桌上……她那就要出任副市长的丈夫金宝岐，情绪好的时候，是很爱喝几口红酒的。当然，张淑琴自己也能喝一些。

一切准备停当，只等金宝岐回家来夫妻对饮的时候，客厅的电话响起来了，张淑琴抓起话筒一听，正是她等待的丈夫金宝岐。可他给她说，市长找他，他可能要回来得晚一些。张淑琴想都没想，就说你忙你的，挂了电话，继续开开心心地哼着她的歌儿。

张淑琴能唱信天游，也能唱一些通俗歌曲，有老有新，老的有她年轻时唱会的《让我们荡起双桨》《年轻的朋友来相会》等，新的有她近些时唱会的《常回家看看》《祝你平安》等。她在自己家里唱歌时，像是和豆芽儿一起在锅灶上忙活着炒菜一样——豇豆茄子、粉条肉片一锅烩，常把通俗歌曲搅和在信天游里，新歌一句，老歌一句，交叉着哼，对换着唱，竟也不打磕绊，哼唱得顺顺溜溜……女儿有约会，丈夫有应酬，都不回来吃饭，张淑琴干脆和豆芽儿两人一起把饭吃了。

面对豆芽儿和桌上精心烹饪的冷热四色菜肴，张淑琴把筷子拿起来又放下了。

是的呀，张淑琴是个最善解人意的医生。在医院里，她不仅对和她同级同辈的医生是客气的，对后辈医生和忙忙碌碌的小护士们也是客气的。那么，她对到自家做保姆的豆芽儿呢，当然就更客气了。丈夫金宝岐在卫生局当局长，忙得屁股不着家。而她在陈仓市最为著名的康复医院妇产科坐班，似乎比当局长的丈夫还要忙、还要没时间。

他们的宝贝女儿金晶晶，面临要命的中考，这对一个家庭来说，可是重中之重，张淑琴和丈夫金宝岐，说什么都不敢把女儿的中考耽搁了。怎么办呢？唯一的办法，就是给女儿请一个伴儿，给她做饭洗衣，要是还能够伴着她解题做作业，那可就再好不过了！为此，夫妻俩没少费心，给家里找来一个保姆不行，退回去再找，再找来了还是不行，直到金宝岐在陈仓城一家名为金延安的饭店用餐时，发现了豆芽儿，把她领回家里来，这才两全其美地达到了他们想要的目的。可以说，金晶晶顺顺利利考取实验中学，就有豆芽儿一半的功劳。豆芽儿忙完锅灶上的活儿，没有如张淑琴那样早早地坐在餐桌前，而是脚手不闲地留在厨房，满手泡沫地清洗油污的炒锅和其他用过了的餐具。这是豆芽儿在张淑琴家里的一贯作风。人家三口儿吃饭，她是坚决不同桌用餐的。过去，张淑琴客气地叫过豆芽儿，豆芽儿坚持不来，也就随了她。但是今天，张淑琴想着豆芽儿的好，就把筷子放下来，冲着厨房里的豆芽儿喊了，喊她到餐桌上来，和自己一起用餐。张淑琴叫着豆芽儿，手里斟起红酒来了。但就在她拿起红酒瓶，叮叮咚咚往明亮的玻璃酒杯倒着酒时，她家的电子门铃，很是悠扬悦耳地响起来了。

会是谁呢？张淑琴轻脚快手地把门打开，她看见了扎着两根辫子的金巧巧，这让她把哼唱到嘴边的歌儿，生生地咽进了肚子里。

张淑琴依旧如她刚才那般欢喜着，说："巧巧来了。"

金巧巧却没应张淑琴的话，低着头，侧身进了家门。

张淑琴顺手把门关上，追着金巧巧说："来了也不提前说一声。"

金巧巧就拧过身来，因为她拧得太用力，把两根辫子甩飞起来，几乎扫到张淑琴的脸上，她一字一顿，把话说得像是钢珠飞溅，砸得张淑琴头晕目眩，木呆呆僵在了原地。

金巧巧说:"提前说一声?我回自己的家还要提前说一声?"

二

　　心惊肉跳!张淑琴的好心情,被金巧巧的一句话轻易地粉碎了。她多想承认,金巧巧说得对,这也是巧巧的家。可她能承认、敢承认吗?她不能,她不敢,她就只有心惊肉跳了。面对着一脸气怨的金巧巧,她堆积在脸上的笑,像被霜打了一样僵住了。

　　这是一个事实,一个已经在张淑琴心里掩埋了一十七年的秘密。

　　张淑琴甘愿这个秘密永远埋藏在她的心里,永远都不要揭开来。她知道国家有关政策的严厉,也知道一但把这个秘密揭开,她的家将面临怎样不堪的结局。她自己倒是无所谓了,大不了开除公职。而对她的丈夫金宝岐来说,就没这么轻松了——别说即将到手的副市长职位要泡汤,便是原来的卫生局局长职位,也会被无情地免掉……张淑琴不敢再往下想,只觉她的心像腌在一罐放久了的陈醋里,酸涩着,痛苦着。

　　可是这能怪谁呢?

　　要怪也只能怪她和金宝岐了。两个出身陕北山区的农村青年,凭着自己的努力,考进了繁华的省城西安,在西安医学院上学、恋爱,毕业后,双双来到关中西府的陈仓城,进了有名的康复医院。金宝岐在外科执业,张淑琴在妇产科坐班,出双入对一年多,他们省吃俭用,小有积蓄,就合起来给自己办了个不算奢华,却也说得过去的婚礼。新婚夫妻有个约定,结婚是结婚,生孩子往后边推。但是,约定很快便被破坏了。

都是干柴遇着了火的年轻人，紧约束慢约束，张淑琴的肚子里还是有了金宝岐的种子。强烈的妊娠反应，害苦了张淑琴。

张淑琴对金宝岐说："你看你……说好先不要孩子，你说咋办？"

金宝岐就给张淑琴说："我能咋办？你说呢，我能咋办？"

说是说不出结果的，而张淑琴肚子里的孩子却像种在地里的西瓜，渐渐地显出怀来，最后也就生了出来。

他们不想早生的这个孩子就是金巧巧。

扑闪闪睁着小眼睛，在张淑琴的怀里吃了几个月奶，金巧巧都能对张淑琴甜甜地笑了，张淑琴却身不由己地面临着一次抉择。

张淑琴又怀孕了。

这可都是年轻惹的祸啊，吃饱了不知道撂碗，睡足了不知道起床，这可怎么办呀？计划生育是国策，一对夫妇只生一个娃，不容商量，不容违犯。别说是他金宝岐、张淑琴，天王老子都一样，谁胆敢突破这个指标，罚你个倾家荡产还是轻的，是职工要开除公职，是党员还要开除党籍。

张淑琴是真的失慌了。她把再次怀孕的消息告诉金宝岐时，他也只有大失慌了。

金宝岐是语无伦次的，他张嘴只是说："啊呀啊呀！"

张淑琴白眼翻着他，说："你啊呀啥吗？都是你……"

金宝岐依然啊呀着，没等张淑琴把话说完，他就跟上说："都是我的错。"

张淑琴说："知道是你的错，你说说，我该咋办呀？"

金宝岐说："咋办呀？"

张淑琴说："我流了去。"

金宝岐说："你流了去。"

这样的讨论在夫妻间开了个头以后，张淑琴和金宝岐下班回到家里，总要痛不欲生地重复一次……他们不断地讨论，都已做出了决定，但一到天明醒来，却没谁去实施，张淑琴依旧去康复医院的妇产科坐班，金宝岐依旧去康复医院的外科执业，直到张淑琴又有了强烈的妊娠反应，而且把给金巧巧喂的奶也要断了，两个人才终于下决心，要去流掉怀在张淑琴肚子里的孩子……鬼使神差，他们抱着因为断奶而哇哇号哭的金巧巧，走到他们医院门口了，却没有走进去，而是转了个身，一直走到陈仓市长途汽车站，买了两张去陕北老家的长途客车票，忽忽悠悠回了沟河村的老家。他们惊魂未定地站在偏僻破败的窑院门口时，听着院子里鸡鸣狗吠的声音，两个人忽然相视一笑。

张淑琴说："我肚子怀的可会是个男孩子？"

金宝岐说："大概是吧。"

张淑琴说："你得是很想要个男孩子？"

金宝岐说："那你呢？"

张淑琴说："是我在问你。"

金宝岐偷偷地笑了。他不想和张淑琴在口角上争辩，抬手推开风剥雨蚀很有些历史印记的木板头门，这就看见了他的哥哥嫂嫂，他们正在院子里捡黑豆。时令逼到了秋末，陕北山区的庄稼已经收割完毕，是玉米呢，就把棒子掰回来，剥了皮，码在树枝绑扎的架子上，像一堵金色的墙一样灿烂；是土豆呢，就从土里起出来，挑回家，又埋进土里头；是别的什么庄稼，像金宝岐的哥哥金宝翔种植的黑豆，就割回来，摊在院坝上晒着，晒得豆荚儿炸开来，崩出一颗一颗的黑豆，仿佛黑色的珍珠一般，只待金宝岐的哥哥拣拾了。

一见推门进来的金宝岐和张淑琴，拣黑豆的哥嫂喜不自胜，丢下手里的活路，脚步蹇蹇地迎上来。

哥哥金宝翔说："回来了。"

嫂嫂苗秀侠看见了张淑琴怀里抱着的孩子，越过金宝翔和金宝岐兄弟俩，直接跑到张淑琴的面前，伸手就把她怀里的孩子接过去了。嫂嫂苗秀侠把包孩子的被角揭开来，眯着眼把褟褓里的孩子仔细看了一眼，便爱得低了头，把她热烫烫的嘴唇吻在孩子的脸上了。

女人家见面，总比男人的话多。

嫂嫂苗秀侠的嘴巴从孩子的脸上刚抬起来，就一连声地问张淑琴："是个女孩吧？"

张淑琴说："女孩儿。"

嫂嫂苗秀侠说："女孩儿好喀！我身边一个光葫芦，还就稀罕个女孩儿哩。"

张淑琴说："嫂子喜欢女孩儿，那我就放嫂子身边养了。"

嫂嫂苗秀侠说："你能舍得下？"

妊娠反应这时突然袭上了张淑琴的胸口，她别过身子，猛地呕吐起来。嫂嫂苗秀侠是过来人，当下看出了张淑琴的问题，就亲热地叫着张淑琴"弟妹"，问她莫不是又怀上了。张淑琴胸腔里难受，就点着头承认了。嫂嫂苗秀侠虽在偏僻的陕北山区，对计划生育的国策还是知道的，不由也为张淑琴操心上了。

嫂嫂苗秀侠一手抱着幼小的金巧巧，一手扶着张淑琴，两人一起坐在他们院坝的石桌前。她说："这倒是个事呢。"

妊娠反应过了的张淑琴说："可不是嘛。好嫂嫂哩，我回来就是和你商量的。你没女娃娃，就把我的女娃娃养着吧。"

嫂嫂苗秀侠却埋怨上了，说："没那狗屁规定，做娘的谁会忍心把头生娃娃送人抱养。不过也好，我是你嫂嫂，我养和你养一个样，只要你不妒忌，我把侄女当亲生女儿养呢。"

张淑琴却还心存忌惮，说："计划生育在山里一样搞的。"

139

嫂嫂苗秀侠快嘴快语，说："你吃的是公家饭，我种的是自家的地，你怕开除我怕啥？他谁能的，把我修理地球的职业开除了，开除了也进城里吃公家饭去。"

在陕北山区长大的张淑琴知道，嫂嫂苗秀侠说的"修理地球"，是山民对种地的一个戏称。她听嫂嫂苗秀侠这样说时，沉重的心便一下子轻松了起来，脸上还泛起些微羞色。

一件叫人愁肠百结的事情，很快就在张淑琴和嫂嫂苗秀侠的口头上有了结论。她们妯娌间没有丝毫障碍，金宝岐和哥哥金宝翔就更没有困难了。剩下就一个保密的问题，自家兄弟和自家妯娌，互相发了誓，也就不是问题了。

可是问题还是来了，来得让张淑琴惊慌失措。

面对在哥哥嫂嫂身边长大了的金巧巧，她心里有愧，却无话可说。幸好，参加同学聚会回来的金晶晶用钥匙捅开了家门，带进了一股欢悦的气息。

金巧巧阴郁的脸色首先云开雾散，张淑琴自然也欢喜起来，给金晶晶说："你巧巧姐听说你考上实验中学了，特意赶来看你哩。"

金晶晶扑上来，拥住金巧巧，说："倒底是我姐哩，对我就是亲。"

金晶晶高兴地说着，就还把金巧巧拥进了属于她的房间里。

而就在金晶晶把金巧巧拥进她房间的那一瞬间，清洗干净了锅灶的豆芽儿从厨房里走出来了。走出来的豆芽儿只扫了一眼金巧巧的背影，就已断定，那是她在沟河村里处得最好的姐妹金巧巧。那一刻，她张开嘴，差点叫出声来，可就在她要叫出声来时，她的牙齿咬了起来，把她喊到嘴边的声音，死死地咬住没发出来……年纪不大，但经历不少的豆芽儿，遇事不会太莽撞，她会想问题了。金巧巧的身世她是知道的，如果她在这里与金巧巧相认，会不会使金宝岐叔叔、张淑琴阿姨起疑心？她在他们家里被尊重、被照顾，她可不想使两个这么好的人，因她知道他们的底细而担闲心。再者是，她和金巧巧在这里相认，金巧巧问起她出走的情况，她该怎么说？问题一堆，豆芽儿不知她下来该怎么做。她的心"咯噔"响了一下，仿佛一只吊到井口上的水桶，一不小心，"咕咚"又掉进了井里！

豆芽儿在心里说：金巧巧啊，你来了。

三

金宝岐今天要晚回来呢。

不是因为风传他要当副市长了他才回来得晚，担任陈仓市卫生局局长期间，他就经常被这样那样的工作和应酬拖着腿而回家很晚。这没什么，身在官场，大家都是这样，金宝岐又岂能例外？只有极力适应那样的官场习气，他才有可能拥有步步登高的美好前程。对此，张淑琴已经习惯了。

应当说，张淑琴是早就习惯了。

两个从陕北山区走出来的农村青年，要想在陈仓市这样的大"江湖"里混出个人样，确实不是件容易的事。仅在康复医院的那片小天地里，也是处处有障碍、时时受排挤，看着就要到手的好处，转个身又被别人拿去了。

最典型的例子，就发生在他们把金巧巧抱养给老家哥嫂后，过了一年又生下金晶晶时。康复医院腾出了几间房子，按照医院的分房规定，张淑琴和金宝岐是医院的双职工，他们是最有资格分到一间住房的，但结果出来，却是不具资格的人分到了住房，他们有资格的却没有。人家高高兴兴地搬进新房,他们却还蜗居在医院外的出租房里,两双眼睛相互看着,悲叹哀怨,却一点办法都没有。找医院领导理论,人家不气不恼,只说是吗是吗?好像也为他们不平,却也不见动作。再去找领导申辩,人家说,等吧等吧,等有了就调给你们。

这一等,张淑琴和金宝岐带着金晶晶在出租房里住了六年多,直到金晶晶都从幼儿园毕业,上了小学一年级,才出现了一点转机。

转机来自于金宝岐的医术。他在手术台上勤学苦练,精益求精,善待患者,迅速成长为康复医院的业务骨干。他下刀准确,除疾快捷,被人称为"金一刀"。

市委副书记的亲老子来康复医院检查,结论是直肠癌晚期,手术是要连肛门都要切掉的,即便侥幸保住性命,从此也将手提一个软塑粪囊度日月了。

给市委副书记的亲老子治病,是由康复医院的院长出马的,结论也是他做出来的。他这个结论,也不是一个人的独断专行,他是召集了相关科室的主任,一起会诊得出来的。院长给市委副书记汇报,副书记是无可奈何的,但他静静地听完,问了院长一句话。

副书记问:"会诊时'金一刀'参加了吗?"

院长老实地说:"没有。"

副书记问:"怎么没叫他?"

院长说:"他不是科室主任。"

副书记说:"可他是'金一刀'呀!"

院长就有些醒悟,说:"是啊,他是'金一刀'。"

副书记说:"怎么样?让他也看看。再说了,我还想求他给老人家主刀呢。"

话说得再明白不过了。院长能怎么样呢?从军队医院转业到康复医院的院长,自认为医术也是高明的,起码不比金宝岐差,到副书记的老子住进医院,确诊要做手术治疗时,他是想要自己上手的。可是副书记这么一说,院长就只有去请金宝岐了。

金宝岐当时正在手术台上,那也是个癌症患者,金宝岐一时不能脱身,副书记就只有等着,直到金宝岐从手术台上下来,时间竟过去了三个多小时。

此前,副书记也只听人说过金宝岐,说他是刀至病除的"金一刀",但不知道他究竟是怎样一个人。到金宝岐脱了手术室里的服装,跟着院长来到副书记的身边,他都像个虚脱的病人一样,没有一点精神,身上穿的衣服,也软塌塌满是湿重的汗渍。他一到副书记的跟前,发现旁边有一把空椅子,也不等副书记让座,就屁股一沉坐了上去,还随手抓起手边的一杯茶水,送到嘴边咕咕喝了个精光。

院长看得脸上挂不住,想说什么,被副书记抬手挡住了。

副书记说他考察过,知道外科医生在手术台上的辛苦,一站两三个小时,甚至七八个小时,别说还要操心给病人手术,就是光站着也会把人站趴的。

副书记说着还站起身,给金宝岐喝干的水杯又添上水。

在来的路上,院长已给金宝岐说了副书记老子的事。金宝岐没说什么,想副书记的老子又怎么了?他得了癌症和别人得了癌症有什么不同吗?都一样的。世上的事就是这样,你有本事当官掌权,但你仍然没办法不让老子得癌症。

金宝岐这样想着,就见到了副书记。副书记平常的几句话和随手的几个举动,让他还是有点感动,觉得副书记这个人还是不错的。

副书记把他老子的病历和拍的片子等,很恭敬地交给了金宝岐,金宝岐也很恭敬地接了过去。不要说他对副书记已经产生了好感,便是出于一个外科医生的职责,他面对病历和给病人检查拍的X片时,也会精神集中起来,仔细地分辨和观察的。不错,金宝岐一下子从他初见副书记时的疲累状态中，突然焕发精神，他仔细地研判了病历和片子，站起来，对副书记很是温暖地笑了一下。

副书记意识到金宝岐有话要说，就鼓励他："怎么样？你说。"

金宝岐却很谦谨地看了一眼身边的院长。

院长也鼓励金宝岐："你说。"

金宝岐便很真诚地说："我能看一看老人家吗？"

他这话说到副书记的心里去了。这才是个负责任的医生呢，咱们让他说病情，他连病人都没看见，仅凭几页病历和片子，怎么能信口雌黄？副书记赶紧响应着，带着金宝岐去了他老子的病房，给老子讲了金宝岐的许多好话，最后说："有金医生给您做主治，您就把心放下，他会让您好起来的。"

副书记的话，表面上是说给他老子的，其实是说给金宝岐的。这一点，金宝岐听得明明白白。

金宝岐明白了，却不多说什么，只是一脸温暖的笑，仔细地问了老人的身体感受，完了，背过老人给副书记说，医院的检查是准确的。

副书记就很沮丧地叹了口气。

金宝岐要的就是副书记的叹气。他低着头，很是犹豫了一阵，然后抬起头来，目光坚定地望着副书记，他说："只要书记相信我，我会尽量让老人家减少痛苦。"

金宝岐说的不是大话。在此后进行的手术中，他综合各方面因素，把老人的病灶切除了，但完整地保留下了老人的肛门。

老人痊愈出院后，金宝岐还去副书记家看望老人家。一次去的时候，恰好是个星期天，他就带上了张淑琴和女儿金晶晶。老人感激金宝岐，副书记自然也感激金宝岐。一来二去，副书记就问了金宝岐的工作和生活。金宝岐不好说，张淑琴代他说了，说他们一家三口住在一间租来的民房里，离医院又远，半夜遇到紧急病人，如果还要做手术，她就会担心他回家的路又长又黑……副书记认真地听着，就给他们说他知道了。张淑琴说得嘴顺，就还说了金宝岐申请入党的事，说他都写了几次申请书了，压在医院也不见批。副书记对此却有他的看法，他说优秀人才不一定都入党。

张淑琴听得一头雾水，吃惊地望着副书记。

金宝岐却听懂了副书记的意思，就把张淑琴拉了一把，他自己来说了。他说："书记是关心我哩。也好，我就做个无党派人士好了。"

时间不长，康复医院给他家分了房子，是个比原来可能分给他们的单间住房大了几倍的单元房，有客厅，有厨房，有洗手间……找人细细装修了一下，高高兴兴地住进去没几日，医院调整科室负责人，金宝岐不声不响，很顺利地当上了外科主任……年终，市政协换届，金宝岐作为无党派人士，通过两级考察，竟还当上了市政协委员。

这托的可都是市委副书记的福啊！

2003年闹"非典"，2004年又闹禽流感，金宝岐积极请缨，参加了这两场人命关天的疫病救治和防控工作。也是他的专业知识对路，救治防控措施有力，"非典"结束后他升为康复医院的副院长，禽流感结束后他又升为市卫生局的局长，眼目脚下，就又要升任市政府的副市长了……随着金宝岐的步步高升，张淑琴充分享受到由此而来的好处。她在康复医院，不做什么负责人，却比负责人说话还有用，而且是，他们家的住房条件，因为金宝岐的升迁，也在不断地改善着，每搬迁一次，新家就要更宽展一些，敞亮一些。

张淑琴不怨金宝岐回家晚。

四

真该感谢金晶晶呢！真是娘的好女儿。

张淑琴听见金巧巧被金晶晶拉进她的房间后，姐妹俩又说又笑。金巧巧一改和张淑琴对峙时的生硬和冷倨，祝贺妹子考上了市级重点中学。金晶晶鼓励姐姐不要气馁："今年没有考好，还有明年呢，复习一年咱再考，不信考不上个好中学。"这样的话开了头，金晶晶就在她的房间高翻低找，翻找出一大堆的学习资料，给金巧巧，说这些她是没用了，让姐姐全盘接收。对此，金巧巧都很高兴地接受了。下来，金晶晶又翻找出一大堆衣服来，都是她穿过的，但又新崭崭不像穿过的样子，花花绿绿，衬衫、裙子、裤子，什么都有，翻出来了，就让金巧巧穿……长在山里的金巧巧比金晶晶虽然长了一岁，却比金晶晶矮了点儿，瘦了点儿，金巧巧穿上金晶晶淘汰下来的衣服，自然就大了点儿，宽了点儿。

不过，在陕北山里长大的金巧巧，对此并没什么挑剔。

过去的日子里，金巧巧没少穿金晶晶淘汰下来的衣服。在她的记忆中，隔上一段时间，或是张淑琴回老家，或是金宝岐回老家，都会给她捎回一包衣服的。那时候，金巧巧把张淑琴叫二妈，把金宝岐叫二爸。说实话，金巧巧打心里感激她有张淑琴这样的二妈、金宝岐这样的二爸，让她在陕北山里的沟河村，享受到了村里孩子做梦都梦不到的好处。二妈和二爸给她捎回来的衣服，虽然没有一件新的，却又都不旧，她一件一件穿，穿到村上去，穿到学校去，总是她的衣服新鲜，她的衣服洋气。

金巧巧因此而骄傲着。

多么好的二妈，多么好的二爸！他们不仅给金巧巧捎回许多新鲜洋气的旧衣服，还给她捎回了许多绒布玩具，有漂亮的洋娃娃，还有可爱的熊猫、小羊和兔子……因为这些物品源源不断的到来,金巧巧才知道在繁华的陈仓城,有一个小她一岁的叫金晶晶的漂亮妹子。

金巧巧便心想着漂亮妹子金晶晶,羡慕着漂亮妹子金晶晶。

后来,金巧巧有机会去陈仓城,认识了金晶晶,觉得她这个漂亮妹子实在是值得她羡慕呢。比她小一岁,却和她上同一个年级。她的学习成绩一般,而妹子的学习成绩却很优秀。这还不是关键的,长得好、穿得好、学习好的金晶晶,对她一点都不欺生,有种天生的亲近感。但凡她到陈仓城,都是金晶晶缠着她,带着她出门玩耍,有熟识的人见着了她们,说她们长得可真像,金晶晶必然抢着回答:"她是我姐姐哩。"晚上睡觉,金晶晶也还缠着她,洗了澡,两人钻在一个被窝里叽叽咕咕。

金巧巧乐意漂亮妹子缠着她,和她叽叽咕咕没完没了。

在金巧巧看来,漂亮妹子是那种有点"没心没肺"的人。她们吃住在一起,玩闹在一起,不免也要闹出些小矛盾来。到这时候,并不是姐姐金巧巧出来打圆场——她犟着性子,甚至使势不和妹子说话,反而是金晶晶大度地来收拾残局。金晶晶收拾残局的方法,就是牵住金巧巧的手,缠着她要她教自己学唱信天游。

金晶晶摇着金巧巧,把金巧巧摇得如风中的一棵柳树秧,给她说:"姐姐不生气,是我错了好不好,我给姐姐赔不是,姐姐给我教信天游。"

金巧巧奈何不了妹子,说着她没脸没皮,却也转恼为喜,给金晶晶教唱信天游了。

> 桃花花那个还没开杏花花那个开,
> 站住牛犋呀看你上来。
> 头一回看妹妹呀你不那就在,

你把哥哥我闪在了一个半野外。
二一回看妹妹呀你不那就在,
你的妈妈给我吃些燕面烤崂荞面圪托,
捞饭扁豆扁豆捞饭酸白菜。
三一回看妹妹呀你不那就在,
你的哥哥拿起扁担翻过调过,左过右过,
翻过调过,左过右过,直打坏我再不敢来。

金巧巧教唱给金晶晶的信天游是《看妹妹》。这曲信天游的唱词和调子,是诙谐的、幽默的,金巧巧教唱给金晶晶,直把金晶晶逗得乐不可支,会笑成一团,满嘴都是夸赞金巧巧的话,说姐姐太有才了,太会唱了。因此,金巧巧给金晶晶教唱一曲不成,就还得再教下去的。金巧巧喜欢这样的日子。可是一年里头,这样的日子太少了,姐妹俩只有暑假处在一块儿,不超过七八天,金巧巧就还会回到陕北山里的沟河村。

中考像是一场残酷的肉搏。在陈仓城的金晶晶如愿以偿地考取了陈仓市的实验中学,而陕北深山里的金巧巧却名落孙山,连本地的普通中学都没考上。这个天上与地下的结果,不能怪金巧巧不努力。点灯熬油,她是把背山的力气都用上了,可是山里的教学质量哪能和城里比呀?就是她所在中学的中考状元,离县级重点中学的录取分数线也还差着一大截儿。

落败回家的金巧巧,觉得一场中考,把自己变成了一只被剪光了毛的兔子,红着眼睛,等待陈仓城金晶晶的消息。她盼望妹子考得好,可当她闻听金晶晶被市上的实验中学录取的消息后,却毫没来由地哭了起来。

那是一场剜心割肺的痛哭啊!

金巧巧咬着牙,眼里的泪水像是决堤的河水,汩汩喷涌而出……她哭得浑身痉挛,脚腿曲在了一起,手臂蜷在了一起,却不发出一丝声息。

金宝翔和苗秀侠被吓着了,用手捏着金巧巧僵硬着的肢体,一遍遍说着安慰的话,最后忍不住,从他们的嘴里给金巧巧说了实话。

是金巧巧叫爹亲的金宝翔先说的:"巧巧你别怕,你二爸会操心你的。"

金巧巧叫着娘亲的苗秀侠也说了:"是啊是啊,陈仓城还有你二妈哩。你二妈不会不操心你。"

性子绵软的哥哥,经常被她欺负却还经常呵护着她的哥哥像突然醒悟过来似的,跟着父母也帮腔了,他说:"妹子不哭,爹亲、娘亲说得好,咱在陈仓城里可不是就有一个二爸、二妈哩么。"

叫着爹亲、娘亲的金宝翔和苗秀侠,还有偏心护着她的哥哥,虽然说得还不是很明白,还有点遮遮掩掩,但是金巧巧已把话听得非常清楚了。过去的日子里,在沟河村其他人嘴里,金巧巧早已不明不白,却也明明白白地知道了自己的身世。她叫爹亲的金宝翔,和她叫娘亲的苗秀侠,他们遮遮掩掩,不把藏在心里的秘密给金巧巧说明白,他们一直拖着,到了现在,金巧巧觉得她是时候向他们问个明白了。主意已定,金巧巧先忍住了哭声,等缓过情绪,脚手都不痉挛了,就睁着一双眼睛,死死地盯着她叫爹亲的金宝翔、她叫娘亲的苗秀侠看,看得他俩心更毛、神更慌,由不得他们自己地,陪着小心又来劝金巧巧了。

金宝翔说:"巧巧啊,你把爹亲吓着了!"

苗秀侠说:"可不是么,巧巧把娘亲吓着了!"

哥哥仿佛应声虫似的,他也说:"好妹子哩,咱不吓爹亲、娘亲成吗?"

金巧巧不是无情人，她知道自己虽然不是金宝翔和苗秀侠亲生的，但她长在他俩身边，却与亲生的不差甚。即便她知道他俩不是她的生身父母，她依然愿意叫他俩爹亲、娘亲。生身的爹亲和娘亲，为了自己的私利，把她寄养在陕北老家的沟河村，她从这不是生身爹亲、娘亲的两人还有哥哥的疼爱里，以及每日的三餐和平日的穿戴里，充分地享受到了一个女儿应该享受到的呵护与关爱。是的，他们爱着金巧巧，金巧巧也爱着他们，她实在不想让他们受惊吓，更不想他们受伤害。但她顾不了许多了，话赶着话，她要问他们话了。

金巧巧问："我知道你们爱我，可你们给我说实话，我是谁？"

面面相觑的金宝翔和苗秀侠，还有哥哥，他们没再说啥，而是紧张地抿紧了嘴，沉沉地低下了头。

爹亲金宝翔、娘亲苗秀侠他们说不出话来，这是金巧巧想得出来的结果。金巧巧之所以要问他们，就是想从他们的嘴里得到一个证实。其实，证实不证实都不重要了。重要的是，事实对她自己不公平，对金宝翔和苗秀侠更不公平。因此，金巧巧就只有震惊、不解、迷惑……还有愤怒。当然，金巧巧不会对她叫着爹亲、娘亲的金宝翔和苗秀侠愤怒的，她愤怒的是她的生身父母金宝岐和张淑琴！金巧巧横下心来，跑到陈仓城来找她的亲爸金宝岐和亲妈张淑琴来了！她觉得她的身上长满了刺，就像陕北山里的狼牙树一样，见着金宝岐和张淑琴，她是非要刺得他们遍体鳞伤不可……她乘坐长途汽车，扑黑赶到陈仓城，敲开她来过多次不算陌生的家门，没想到首先撞见的是她的亲妈张淑琴。她摆开架式，准备向张淑琴展开凶狠的"刺杀"时，金晶晶回来了。

金巧巧恨着她的亲爸金宝岐恼着她的亲妈张淑琴，但她不恼金晶晶。她想得到，金晶晶如她一样，也是被隐瞒着的。金晶晶不知道她也是金宝岐和张淑琴的亲女儿、自己的亲姐姐。

金晶晶考上了陈仓市实验中学，过些日子，就可以到学校去住宿了。作为重点中的重点，实验中学是要求学生必须住校的。金巧巧是金晶晶的亲姐姐，她就不能在这个时候，弄得她的亲妹子金晶晶情绪不好。

　　隐忍……金巧巧想她只有暂时隐忍，才是最明智的态度。

　　金巧巧主动接受金晶晶的引导，借此很好地掩饰自己。金晶晶让她看翻出来的堆成堆的学习资料，她就自觉地翻看，取一本看几眼再取一本……让她试穿翻出来堆成堆的衣服，她就自觉地试穿，拿一件刚穿上又拿一件……姐妹俩又说又笑，差不多都累了，姐妹俩先后去浴室洗了澡，给还守在客厅的张淑琴打了声招呼，便双双钻进金晶晶的房间，关灯睡觉了。

　　不一会儿，张淑琴便听到两人睡熟的轻鼾声。

　　金巧巧一来，豆芽儿就悄悄离开了。张淑琴只当她回了她娘亲那里，就没放在心上。金巧巧的到来够叫她心慌意乱的了。张淑琴又在客厅里等了一阵子，还不见金宝岐回来，她也就起身进了浴室洗澡去了。不能说张淑琴洗得仔细，也不能说张淑琴洗得潦草，她脱光了自己，钻在水如丝线一样洒落的沐浴喷头下，任由湿热的水流，从她的头顶滑落，滑过她的脸颊，滑过她的脖子，滑过她的胸腹……她感觉得到，这千缕万缕滑动在她身上的洗澡水，是混合着她的眼泪的，不然，洗澡水不会这么烫，不会这么涩。

　　敏感的心在颤抖着……

　　张淑琴想着金巧巧进门来和她说的话，那个话太吓人了，"我回自己的家……"啊呀啊呀，以后，不知她还会说出怎样的话。张淑琴摇头了，为了金宝岐，还有这个家，她必须阻止金巧巧再说那种可怕的话，尽管金巧巧说的是实话。

　　洗澡出来，张淑琴从衣柜里翻出那件开胸很低的紫色睡衣。这是金宝岐出访欧洲，在法国的服装节上给她买回来的。她只试穿了一下，就收在衣柜中，从不往身上穿，她感觉那件睡衣太过华贵，太过性感……可在这个晚上，没来由的，张淑琴翻出这件她不敢穿的睡衣，小心地穿上身，小心地转了个圈，小心地在衣柜内镶的大衣镜里看了看自己，她把自己看得都脸红了！

金宝岐是什么时候回家的，张淑琴睡着了不知道，她只是感到脸上热辣辣的，像有一条蛇在游走，这才突然醒过来，看见金宝岐馋猫似的，欢悦地亲着她。

刚结婚的一阵子，金宝岐对张淑琴就总是这个样子。

张淑琴喜欢金宝岐这么待她，而她自然地要迎合金宝岐。夫妻俩不用言语，只用眼色，就把对方的心火点燃了，并且烧得旺旺的，嘴和嘴咬在了一起，四肢和四肢纠缠在一起。金宝岐坚挺的命根，探寻着张淑琴的命门，当命根和命门机缘巧合地对了起来时，张淑琴不能自抑地叫出了声。她龇着牙，咬住了金宝岐的肩膀，因为咬得重，金宝岐也叫出了声，但他没有停止自己的动作，张淑琴的牙咬，对他倒像是一种巨大的刺激，他把自己的动作，做得更猛烈，做得更畅快。

他们是一起达到高潮的，一起含混地轻叫着停止了冲击和缠绵。

但他们还互相搂抱着，脸贴着脸，身子贴着身子。

金宝岐像是呓语般说："你要叫我死了呢！"

张淑琴没有顺着金宝岐的话说，她心里想着金巧巧，就是和金宝岐纵情愉悦的时刻，她的心里也还想着金巧巧。

张淑琴说："娃回来了。"

金宝岐听不懂，说："啥娃回来了？"

张淑琴说："巧巧娃回来了。"

五

有妹子在，金巧巧表现得都很乖觉。

妹子有同学聚会，拉她去，她就跟上去……妹子要去看电影，拉她去，她也就跟上去……

再过两天，金晶晶就要去实验中学报到了，她和金宝岐、张淑琴商量，要在陈仓城最为豪华的粤皇酒楼举办一桌"谢师宴"，感谢为她的学习和成长做出很大贡献的初中老师。作为父亲的金宝岐和作为母亲的张淑琴是必须去的，金巧巧该不该去呢？金宝岐、张淑琴没有表示态度，金晶晶依然如故地拉着金巧巧去了。

在那个金碧辉煌的地方，金晶晶是自在自如的，金宝岐、张淑琴也是自在自如的，只有金巧巧不大自在，不大自如……在陕北深山里的沟河村长了一十七年，金巧巧哪里去过这么排场的去处？她是做梦都没梦到过的。便是前些日子，被妹子拉着和同学聚餐，去的也是小小的冒菜馆或川菜馆。在那样的地方，金巧巧尽管心里觉得陌生，但也还是好适应的。突然进了这样一处极尽辉煌和奢华的地方，金巧巧感到自己的眼睛不够用了，小小的心像被猛烈击打的鼓槌敲着，"咚咚咚咚"跳得激越难抑……宽大的包间地面，铺着厚厚的地毯，金巧巧走在上面，像是踩在飘忽的云彩上一般，总觉踏不实脚……四周的墙上挂着装饰性非常强的图画佳作，有轻轻的音乐旋律像是沁人心脾的毛毛雨一样不经意地往人的耳朵里去……铺着雪白桌布的大圆桌上，井然有序地摆着食碟、筷子、茶杯和酒杯，一色银光闪亮……便是殷勤待客的服务员，也都穿得光光鲜鲜、漂漂亮亮，举止文雅，言语礼貌……先是冷盘，后是热菜，没几样是金巧巧认识的，因此，金巧巧就不只是傻眼了，她还手足无措起来，不晓得自己该不该动了筷子，像其他围着餐桌的人一样，把那些精致美味的食物挟起来，送到嘴里,吃进肚子。

幸亏有金晶晶,她转着圈儿给餐桌上的老师挟菜敬酒,给父亲金宝岐和母亲张淑琴挟菜敬酒,也给姐姐挟菜敬酒……金晶晶挟菜敬酒到老师跟前了,就说谢谢老师,晶晶不会忘记老师的教育之恩;金晶晶挟菜敬酒到父亲金宝岐和母亲张淑琴跟前了,就说谢谢爸爸妈妈,晶晶不会忘记父母的养育之恩;金晶晶挟菜敬酒到金巧巧跟前了,能说什么呢?她说你吃菜呀,怎么不吃呢?你看你的菜碟里都堆成山了。

确实是,金晶晶不断地给金巧巧挟菜,有鱼有虾,把她面前的菜盘挟得果然如一座小山呢!

金晶晶向她的老师们介绍金巧巧:"我的姐姐呢!"

金晶晶这么介绍了金巧巧后,还给她的老师说:"老师你不知道,我巧巧姐的信天游可唱得好哩!"

老师对金晶晶的话很有兴趣,就笑着鼓励金巧巧:"我可是爱听信天游哩!给咱唱一曲怎么样?"

金晶晶也鼓动金巧巧了:"姐姐,唱一个。"

金巧巧可以和金宝岐、张淑琴闹别扭,和妹子是不能的。因此,她站了起来,大大方方地唱起了信天游。她唱的是《这么长的辫子探不上天》:

> 这么长的辫子探呀探不上天,
> 这么好的妹子见呀见不上面。
> 这么大的锅来下不下两颗颗米,
> 这么旺的火来烧呀烧不热个你。
> 三疙瘩的石头呀两疙瘩的砖,
> 什么的个人呀让我心烦乱。

金晶晶夸金巧巧了，金晶晶的老师夸金巧巧了，金宝岐和张淑琴也夸金巧巧了，大家一哇声夸金巧巧的信天游唱得好。金巧巧自己呢，也觉得她今天唱得好，把自己都唱得眼里发热，仿佛有泪水涌出。但她不愿意大家夸她信天游唱得好，而愿意金宝岐和张淑琴也能给妹子的老师介绍她，说她是他们的女儿。可是金巧巧的愿望变成了失意，金宝岐和张淑琴没有这样介绍她。他俩在夸了金巧巧唱的信天游后，就很有姿态地笑着，笑着吃菜，笑着喝酒，笑着与金晶晶的老师有一句没一句地说话。不过还好，还有金晶晶不断地要向她的老师介绍金巧巧。

金晶晶说："我姐姐才从陕北老家到陈仓城里来，她会唱的信天游多了去了。"

很显然地，金晶晶的老师对金巧巧已没兴趣了，哪怕她能唱再多的信天游，也引不起他们的注意了。他们的耳目都是非常通灵的，他们也已听到了风声，现在的卫生局局长金宝岐，过不了多长时间，就要升任陈仓市的副市长了。他们吃着菜，喝着酒，还非常世俗地恭维金宝岐，说他们吃粉笔灰的，都没什么靠山，以后还要靠金市长哩！谁让金市长是金晶晶的父亲，他们是金晶晶的老师？他们赖也赖在金市长的身上了，他们有了困难找市长，市长可不准给他们吃闭门羹。

金晶晶的老师嘴上巴结着金宝岐，手上还端着酒杯，回敬金宝岐，把个"谢师宴"弄得倒像是他们酬答金宝岐的"感恩宴"了。

金宝岐作势叫老师们不敢乱说，但又答应着他们，说他们不是旁人，是自己女儿的老师，大家有话好说，有事好办。

金晶晶的老师都不是旁人了，那么她金巧巧呢？好像在金宝岐的眼里，还是非亲非故的旁人。这叫金巧巧就只有哀伤了。

接下来的一顿谢师宴，是怎么吃，是怎么喝，是什么时候收场的，金巧巧一概不知道了。她机械地离开粤皇酒店，机械地跟金晶晶的老师们告别，机械地跟上金宝岐、张淑琴和金晶晶往回走。走回到家里，她可真想汪汪地大哭一场，但她告诫自己不要哭，不能哭。为了压制强烈想哭的情绪，她在回家以后，脚不停，手不停，一会儿墩拖布，一会洗抹布，很小心很细致地收拾着家里的地板和桌椅家具。

金巧巧不知道，这些活儿，此前可都是她的好姐妹豆芽儿干的呢……好姐妹豆芽儿从沟河村离开时，金巧巧起初很是坚决地要和她一起走的。临到要上长途客车了，她突然非常犹豫，没有跟着豆芽儿一起走。这是因为，那时她的心里还装着一个生下了她的二爸金宝岐、二妈张淑琴。有他们占着她的心，让她比起豆芽儿来，就还多了一重依靠，一重保障，让她就还能够在沟河村苦熬下去。实在熬不下去了，就到陈仓城里来，找她的生身爹亲金宝岐，找生身的娘亲张淑琴。谁让他们生了她呢？他们不能生了她，而不认她。熬在沟河村里的金巧巧这么设计着她的未来，所以就没有死心塌地跟豆芽儿走。但这挡不住她要不断地想起豆芽儿，想起与豆芽儿在一起的侯红琴，不晓得她俩离开沟河村后，可是找到了她们的爹亲、娘亲？她们还在上学吗？她们生活得好吗？金巧巧想着豆芽儿和侯红琴，想了各种各样的结果，唯独没有想到，豆芽儿和侯红琴在找爹亲、娘亲的路上，被一个白胖的女人拐卖了！可怜的侯红琴已经惨死在甘州的瘦马脊梁村，而侥幸逃离虎口的豆芽儿到陈仓城里来了，虽然找到了她打工的爹亲、娘亲，可是爹亲和娘亲，已经离了婚。离了婚的爹亲，迫不及待地与另一个女人结了婚，并迫不及待地生下一个孩子，然后又迫不及待地离开陈仓城，南下到更远的广州打工去了。孤身一人的娘亲仍留在陈仓城里打工，但她照顾自己都有困难，更没法让找到她的豆芽儿继续完成学业了。

豆芽儿因此去了陈仓城别具一格的金延安饭店，当了一个抹桌子端菜的服务员。

这一切，金巧巧不知道，金巧巧的爹亲金宝岐、娘亲张淑琴是知道的。他们不知道的是，在家里做保姆的豆芽儿做得好好的，何以在金巧巧进门后立刻不辞而别。

金巧巧以其不速之客的身份来到她还只能把金宝岐叫二爸、把张淑琴叫二妈的家里后，每日每时，除了金晶晶拉她外出，剩下的时间，她就像豆芽儿在这里的时候一样，全都用来清洁家里的卫生了。开始做的时候，金晶晶是要拉她休息的，张淑琴也是要拉她休息的……时间一长，倒好像她该做这些活儿，金晶晶和张淑琴就不再拉她休息了。再说，金巧巧乐意做这些活儿，她殷勤地做着，就会从心里生起一种新的感觉。

主人！金巧巧到这里来，寻找的就是主人的感觉呢。

能做主人，金巧巧就不嫌清洁卫生的累和脏了。

金巧巧给家里人洗衣服，晚上脱下来，第二天她就洗了……金巧巧给家里人洗床单，洗被套和枕套……家里能洗的东西，金巧巧就都拿来清洗了，有很好的洗衣机她也不用，就用她的双手洗。实在找不出要洗的物件了，金巧巧就又擦窗子上的玻璃。对此她很有经验，先用湿抹布擦一遍，接着又用旧报纸擦一遍，这样擦出来的玻璃就特别亮。擦过了玻璃，金巧巧就又擦地了。不是简单地拖地，而是下了势，把该挪的家具挪开，角角落落都要擦到，遇到装修时干结在地板上的涂料和油漆，她也要找来美工刀之类的小工具，把涂料和油漆先铲除下来，然后擦拭干净……金巧巧为不小的家做了一次翻天覆地的清洁和整容。

金巧巧满意着自己的作为。

金巧巧的脸上，从早到晚，都闪烁着快乐的色彩。可是在妹子准备好上学所需的一切，在父母金宝岐、张淑琴陪同下，坐车去学校后，金巧巧快乐的脸色一下子变了，变得像是冬天里的冰大坂，又冷又硬。

张淑琴的心也就跟着金巧巧的脸色吊起来了。

张淑琴的心原本就吊着,后来随着金巧巧在家里的勤快举动,她吊得悬悬的心,放下了一些。就在把金晶晶送去实验中学报到后的那天晚上,她和丈夫金宝岐睡在床上,又忍不住议论了两句。

张淑琴挑的话头:"把我这些天吓的。"

金宝岐说:"啥把你吓的?"

张淑琴说:"巧巧娃么。"

金宝岐说:"你就爱自己吓自己。"

张淑琴说:"你就没受吓?"

金宝岐说:"我不是你,我不受吓。"

两口子絮絮叨叨说着,自然地说到了金巧巧的未来,说着说着,两口子说得满腹的愧意,觉得他们作为亲生父母,实在不该把金巧巧寄养给哥嫂的。现在难题出来了——金巧巧没能考上高中。这不怪金巧巧。凭陕北深山里的教育水平,就算把个先知先觉的神童放在那里,也都很难有出息。怎么办呢?事已至此,两口子絮叨的结果,是给金巧巧报一个中等技术学校,让她学习一门技术,以后也好找个工作。

都是自己的女儿呢,已经有了差距,可不敢把差距拉得太大。

定下这个主意后,两口子在把金晶晶送走的那个晚上,踏踏实实睡了一场好觉。

两口子不知道,金巧巧却在这一夜怎么都睡不着。她一会儿想去实验中学上学的金晶晶,一会儿又想她自己,这么想着,竟把自己想得红鼻子红眼睛,把脸埋在枕头上,哗啦哗啦流眼泪……天快亮时,金巧巧头昏脑胀地爬起来,去了她收拾得干净整洁的厨房,打开天然气阀,来为她二爸和二妈准备早餐了。

金巧巧熬的是小米粥，里面下了去了核的红枣。还有馒头，金巧巧将馒头一切两半，搁进平底的煎锅里，烤了一阵，又淋上掺了油的水，继续地烤着……金宝岐和张淑琴是闻着烤馒头的香味起床的，他俩洗漱一毕，来到餐厅，就发现熬得很黏的小米稀饭和油烤馒头端上了餐桌，夹在稀饭碗和馒头盘子中间的，还有一小碟的油炸花生，一小碟的鸡蛋炒青椒，一小碟的生油拌萝卜……这几样小菜，都是金宝岐和张淑琴爱吃的。他俩坐下来，拿起筷子，把每一样小菜都尝了尝，然后又喝了一口小米稀饭，这就把金巧巧夸上了。

张淑琴说："我们巧巧是够得上一个人用了。"

金宝岐说："你把巧巧当啥了？她是够一个人用了，但不是用在做饭打扫卫生上。"

金巧巧这时和金宝岐、张淑琴隔着餐桌对坐着，她看他们挟菜喝稀饭吃馒头，听他们夸她，而她却一言不发，自然也没有挟菜，没有喝稀饭，没有吃馒头。她冷着一张脸，眼睛眨也不眨地盯着金宝岐和张淑琴看……她这么一直看，就把金宝岐和张淑琴看得不好意思，甚至难堪起来。

金巧巧要的就是这个效果，她要金宝岐和张淑琴不好意思，要金宝岐和张淑琴难堪……他们不好意思了，他们难堪了，金巧巧却埋下头来，只是那么短短的一瞬，她已满脸是泪，她说了："金晶晶是你们的女儿，我是谁呀？"

刚才还很欢乐的餐桌，一下子冷下来了。

金巧巧却慢慢地抬起头来，泪眼婆娑地望向张淑琴，说："你说么，你说我是谁？"

张淑琴的嘴里还咬着半块馒头，她说不出话来。

金巧巧慢慢地转着头，又泪眼婆娑地转向了金宝岐，说："你说呢，你说我是谁？"

六

啪！筷子拍在餐桌上的声音竟是这么大，金宝岐把他自己先吓了一跳。他从餐桌前站起来，望着金巧巧，似有话说，却一个字都吐不出来。

张淑琴也被金宝岐拍筷子的响声吓住了，她把望着金巧巧的眼睛收回来，又盯着金宝岐看了，她担心金宝岐收不住要发脾气，抬手去打金巧巧，因此她站起来，堵在金宝岐的面前，给他说："你不是要下乡吗？我听见接你的汽车来了，你收拾一下走吧。"

金宝岐是要下乡去的。他得到消息，就在陈仓市与他们陕北老家接壤的林由县，有户人家给孩子做满月酒，到集市上割肉，割得早了些，天气又太热，加上家里没有冷冻设备，就把割回家的肉用凉水激着，过一阵激一次……山里人家，过去都是这么保鲜肉的，这一次却不知为什么，没能起到任何保鲜作用。到客人大喝满月酒的时候，厨子把肉做出来，有切成大片的烧腊肉，有切成小丁的臊子肉，热油大火把肉烹炒出来，端上桌子，让客人们随意食用。食量少的人只恶心呕吐一下，而食量多的人就不仅恶心呕吐，还浑身抽搐，甚至昏迷不醒了。金宝岐得到消息，就向市委和市政府做了报告，并当即抽调专家，安排专家组先去了林由县。他在送专家组的时候，给大家做了动员，并说他随后就到。要不是要送金晶晶去实验中学，金宝岐昨天就到林由去了。

张淑琴的话提醒了金宝岐，又解了他的围。如不然，他把筷子拍在桌子上又该怎么样呢？

金宝岐不能怎么样。

有了张淑琴的提醒，金宝岐就有了退一步的台阶。他默默地离开餐厅，默默地从衣帽架上摘下一件他的外套，提起他那只精致的黑皮公文包，又默默地走出了家门。

金宝岐意识到，他遇到了一个麻烦，一个由他的女儿金巧巧带来的麻烦。工作中，金宝岐是经常遇到麻烦的，像林由那户人家的满月酒席食物中毒事件，这可是他在职责范围内要管的事呀！但比起金巧巧给他带来的麻烦，似乎又都不是麻烦了。

带着如此沉重的心思，金宝岐出门走了。他不知道金巧巧的一双泪眼是怎样地盯着他，看他默默离她而去的。

金巧巧是希望金宝岐打她一巴掌的。

在金宝岐把筷子很响地拍在餐桌上的那一刻，金巧巧就奇怪她所想的，竟是希望金宝岐能打她一巴掌。她都做好了准备，而且这是个快乐的、心甘情愿的准备，要挨金宝岐的巴掌了。结果却是，金宝岐没有打她，还把他自己惊吓到了。张淑琴也受了惊吓。金巧巧对此是有察觉的，她不明白，金宝岐有什么好惊吓的？他是她的亲生父亲呀！他发火了，他该发火的，发火了就来打她呀，只要金宝岐打了她，就能说明，金宝岐是还把她当亲生女儿看的。

没能挨上金宝岐的巴掌，这让金巧巧很是失望。

心里失望着，眼里却不再流泪了。金巧巧知道她是无法让金宝岐和张淑琴承认她了。她在想，她下来该咋办呀？

一边赔着小心的张淑琴这时候说话了。

张淑琴说："你二爸就那脾气，他面子上给你发了火，可他心里不知怎么后悔呢！"

金巧巧没应张淑琴的话。

张淑琴就又说："西安有家技工学校的校长和你二爸熟，他们通了电话，给你在那里报了名，过几天就送你去上学。"

金巧巧听清了张淑琴的话，她在想，这或许是她目前最好的出路了。但她却高兴不起来，她不敢肯定，上了技工学校对她就有多么好。她之所以到陈仓城来，来找张淑琴和金宝岐，并不是为了通过他们上个技工学校，她是要让他们认她是他们的女儿的。因此，金巧巧对张淑琴说给她的安排一点都不在意。

张淑琴却还在按照她和金宝岐的安排给金巧巧说着，嘱咐金巧巧到了西安的技工学校，可不敢浪费时间，一定要把过去没学好的补上来，再把新学到的技能巩固下来。"技工学校嘛，是不比公办学校的，师资肯定不会很强，而家里呢，还要花一大笔钱。当然，钱不是问题，问题是你自己要努力，一门一门地学高等教育考试，把技术学下来，硬硬梆梆学到手，以后就好办了。听跟你二爸相熟的那个校长讲，他们学校的就业率是很高的，毕业了也好找工作。"

苦口婆心地给金巧巧说着，把张淑琴说得口也干了，舌也燥了，但都没有几句能进金巧巧的耳朵。

金巧巧只觉从来没有过的心烦。

家里的座机电话在这时候响了起来。把话已经说完，再也找不到话说的张淑琴，听到电话铃声，像是听到救命的呼唤一样，起身去了客厅，抓起听筒，"噢噢啊啊""啊啊噢噢"，应答了一阵，挂了电话，就又走到餐厅来。她给金巧巧说："是你二爸的电话哩，他给你检讨了，说他对你的态度不好，让你不要在意。你二爸还说了，让我给医院请个假，多陪陪你，让你要高兴起来呢。"

女儿家的心是豌豆，一会滚上来，一会滚下去。金巧巧又岂能例外？她听张淑琴这么一说，心里的疙瘩解了，觉得自己刚才做得也有些过，就埋下头，把面前的小米稀饭呼噜呼噜刨了几口，还招呼张淑琴，让二妈也来用早饭。

金巧巧说："二妈呀，我给小米稀饭煮上红枣不错吧？"

张淑琴说："不错不错。"

为了表明她说的是真心话，张淑琴也就坐在餐桌前，把盛着小米稀饭的碗端起来，哗啦哗啦都吞进了肚子。

紧张的气氛暂时地缓解了下来，张淑琴和金巧巧吃罢早饭，就一起打开电脑，看金晶晶发回来的邮件。从邮件中她们得知她入学后的学习是紧张的，她还让家里人不要为她太操心。邮件中，金晶晶问候了父亲金宝岐，问候了母亲张淑琴，说自己能够健康快乐地成长，是多亏了爸爸妈妈的，她在爸爸妈妈跟前说不出感谢的话，离开了，住进了学校，有了一段距离，她才要说，而且是从心里说的，感谢亲爱的爸爸妈妈。

读着金晶晶的电子信件，张淑琴笑了。

张淑琴回头去看金巧巧，却发现看得入神的金巧巧也是笑着的，但眼圈儿红红的，似有泪在眼眶里翻着花儿。张淑琴伸出手来，把金巧巧的肩头揽了揽，说晶晶也问候你了。果然是，在金晶晶问候过爸爸妈妈后，接下来的一段文字，就都是写给金巧巧的。

金晶晶把金巧巧亲切地称为巧巧姐，说她和巧巧姐在一起的日子太短了，虽然短，她从巧巧姐的身上学习的东西却不少，巧巧姐任劳任怨，甘苦自乐，太不容易。在家里的日子，有巧巧姐做饭洗衣，无所不能，如今她住了学校，要吃饭了，心里想的还是巧巧姐做的饭的味道——一样的面片，巧巧姐放盐放醋，调出来的味道就是更香哩！

这段问候金巧巧的话后边，是嘱托爸爸妈妈多关心巧巧姐的话。金晶晶说，巧巧姐在陕北山里读书，把她是亏了，有可能的话，转到陈仓城复读也行，或者是找找人，直接读个技工学校也行。

张淑琴逮住金晶晶的话，给金巧巧说："怎么样？晶晶也鼓励你继续读书哩。"

金巧巧说："我落下的东西太多了，我怕跟不上。"

张淑琴说："没有试，怎么就知道跟不上？"

金巧巧说："那，我就试试吧。"

163

得到金巧巧的赞同,张淑琴觉得像是一个罪人遇到了大赦,她一下轻松起来,要带金巧巧到街上去,给她买几身时兴的新衣服。

金巧巧推辞着,说她有晶晶给自己的衣服,都不算旧,式样也好,用不着花那些钱。

张淑琴主意已定,说她不能亏了金巧巧,老让金巧巧穿妹子剩下来的衣服。"现在你要去西安上技工学校了,也该有自己的新衣服呀。"

金巧巧还想推辞,张淑琴已拥着她往出走了。走到大街上,走进了大商厦,在服装部一家连着一家的品牌店里挨家转。金巧巧成了衣服架子,凡是张淑琴看中的服装,她都要拿过来,让金巧巧试穿一番。金巧巧觉得在这一天,她把天下好看的衣服都穿遍了。又是挑拣,又是比划,加上张淑琴不停嘴地说"怎么样?怎么样?"……金巧巧能怎么样呢?就由着张淑琴做主,给自己买了几件上衣,几件裙子和裤子,有贵有贱,贵的三四百,贱的一二百——这在过去,金巧巧是想都不敢想的。

出了几家大商场,又进了几家大商场,金巧巧都转糊涂了。一直从清早转到中午,张淑琴带着金巧巧还想再往下转,金巧巧是坚决不转了。

金巧巧说:"咱不能把大商场搬回家吧?"

张淑琴说:"我还想搬回家哩。"

金巧巧说:"那你还不觉得肚子饿?"

张淑琴恍然大悟,说:"可不是,我还真是饿了呢。"

也不回家,张淑琴领着金巧巧在大街上找到金延安饭店,点了陕北特有的几样菜——择梅凉粉、洋芋擦擦、黑粉猪头肉,而且还点了羊杂汤,这些是金巧巧撑到陈仓城里来以后,一直在心里馋着的。服务员按照张淑琴点的菜单,一样一样地端上桌。看着那些可口的饭菜，金巧巧抬眼向着张淑琴，她张着嘴，真想叫一声娘亲的。她知道，这是张淑琴疼她，特意给她安排的。金巧巧叫不出那一声娘亲，就张嘴一直看着张淑琴，看得张淑琴很是不好意思。

不好意思的张淑琴说："小时吃惯了的饭菜，才是对胃口的哩。"

金巧巧点了点头，她承认张淑琴说得对。

张淑琴就又说："对胃口了你就吃呀。"

金巧巧听话地吃着了。

她们吃着，张淑琴就给金巧巧说了金宝岐要当副市长的话。

张淑琴说："你二爸要是当上副市长，你说你还有啥问题解决不了的。"

金巧巧心里想，她只要金宝岐认她这个女儿就好了，当不当副市长，她才不稀罕。但她随着张淑琴的话，却又认真地点了点头。

七

食物中毒的事件，在金宝岐赶到林由县的时候，已经得到了妥善处理，轻微中毒的人已全部出院回了家，中毒较重的人也都从昏迷中醒来，再在医院观察治疗几日，也就可以出院回家了。

尽管如此，金宝岐还是在林由县多留了两天，去了几个乡镇，还去了几个村组。以这次食物中毒事件为教训，他要求县卫生防疫系统务必在全县范围内开展一次深入的卫生防疫宣传活动，确保今后不出食物中毒这样的危险事。

金宝岐在做完这些事之后，抽空回了一趟陕北老家的沟河村，和他哥金宝翔、他嫂苗秀侠拉了一阵家常。拉着拉着，很自然地拉到了金巧巧的身上。哥哥金宝翔和嫂嫂苗秀侠，因为金巧巧没能考好，心里觉得有愧，就你一句我一句，检讨他们无能，没有让金巧巧上好学。金宝岐对此没有多大兴趣，说咱陕北山区的教学质量就是这个样，金巧巧考好考不好是不好怪谁的。金宝岐宽慰着哥哥嫂嫂的心，说他有办法让金巧巧继续上学，中学上不成了，就上技工学校。金宝岐说了这通话后，哥哥嫂嫂的心宽了下来，就很欣赏地看着金宝岐，说金巧巧活该是你的骨血哩！

金宝岐的眉头上起了一个疙瘩。他说："骨血？"

哥哥金宝翔、嫂嫂苗秀侠说："是哩，是你的骨血。"

金宝岐说："糊涂，你们太糊涂了。"

话说到这里就有些僵。哥哥金宝翔、嫂嫂苗秀侠对他们这位能干的弟弟，总是敬畏有加。他说他们糊涂，他们就一定是糊涂的。两对眼睛一时都聚焦在金宝岐的脸上，听他还有啥话说。金宝岐也不遮掩，端直给哥哥嫂嫂说："你们是要害我了！计划生育政策是座铁山，我哪里敢违犯？你们不知道，组织正考虑提拔我当副市长呢，金巧巧的事捅出来，别说副市长我当不上，卫生局的局长职务也要被撤下呢！"

哥哥金宝翔、嫂嫂苗秀侠知道这是一个事，但没想到会是这么严重，他们的脸色一下变得惨白。

金宝岐说："事到如今，你们一定要咬紧牙关，给巧巧，给别人，都说她是你们的亲骨血。"

祸起萧墙的古训，金宝岐还是有颇多感受的，他不能自己在前头冲锋陷阵，而最后败在后院的一场祸患中，那可是太不值当的了。在沟河村，金宝岐把利害得失给他的哥哥金宝翔、嫂嫂苗秀侠一说，相信他们自己是掂得来分量的。他必须封好哥哥嫂嫂的口，为了万无一失，他还给哥哥嫂嫂留了一笔现款——尽管过去也给哥哥嫂嫂给过补贴，但这次大不一样，过去三百五百，这次是整整一匝百元大钞，没解纸腰子的一万元。

安顿好哥哥金宝翔和嫂嫂苗秀侠，金宝岐马不停蹄地又往陈仓市赶了。

金宝岐的手机一会儿一个电话，有张淑琴打给他的，还有市委市政府和他相熟的人打给他的，大家告诉他，省上组织的考察组即日到达陈仓，就要展开对他任职副市长的考察了。金宝岐听得出来，给他打电话的人，语调都是非常欣喜的，其中的意思不言自明，大家是支持他的。这叫金宝岐很开心，甚至还有点沾沾自喜的情态在其中。不过，他还心存一丝担心，这个担心不是别的，就是他的女儿金巧巧。奥迪牌的黑色小轿车，在回陈仓的山路上平稳地行驶着，金宝岐不敢想起金巧巧，一想到她就眉头大皱。

金巧巧说的话太戳人心了："你说我是谁？"

在这节骨眼儿上，不是金宝岐没心，是他不敢接这个话呀！他知道金巧巧是他的女儿，他也承认金巧巧是他的女儿，可是现在能这么承认吗？那不是自己要毁了自己的前程吗？年轻时犯下的这一错误，已经不能用轻率来搪塞了。金宝岐暗自咒骂着自己，愧悔得真想甩自己几个大耳刮。

还好，张淑琴打电话告诉他，金巧巧答应去西安上技工学校了，而且也不坚持问她"你说我是谁"了。

毕竟是山区公路，转转弯弯，一路的汽车马达轰鸣，赶回陈仓市时，车身上覆盖了一层尘土，司机要在进入市区的路边加油站洗了车再进市区，金宝岐没有同意。他让司机就那么风尘仆仆地穿过市区，进了市政府大院，向市长当面汇报了林由县食物中毒事件的处理情况，又乘车去了市委大院，向书记汇报林由县食物中毒事件的处理情况。

| 167

书记和市长对金宝岐的汇报都很满意。

金宝岐要的就是书记、市长的满意,但他更想知道书记、市长对他担任副市长的看法。都是久居官场的人,书记、市长没有让金宝岐失望,他们在肯定了金宝岐的汇报后,都半遮半掩地给金宝岐透了话,说是省上的考察组来了,市上的意见是明确的、一致的。不过,不到最后一刻,还不能说十拿九稳,要金宝岐也做个思想准备。

还做个什么思想准备呢?

金宝岐揣摩着书记、市长的那句话,心里就有些忐忑。他认真想了一遍,知道他从"金一刀"的位置,一路坐到市卫生局局长的宝座,现在又有希望升迁到副市长的高位,是多亏自己的医术的。他的医术让他结识了他的老领导——陈仓市原市委副书记、后来的市委书记,老领导现在成了省人大副主任,这时候他怎么能忘了他老人家呢?对呀,咱应该主动一点,到西安去看看他老人家的。顺便也把金巧巧带上,交给自己创办了技工学校的朋友,让朋友好生照顾,也为自己消弥后顾之忧。

主意即定,金宝岐忐忑的心安稳下来了。

他以从容不迫的态度,经受着组织的考察,先由干部大会投票推荐,接着又经过谈话推荐,然后又有推荐公示……一切都朝着金宝岐预想的方向发展。当然,风波也是有的,但没有一样欣起大风浪,譬如有人提出意见,说了林由县的食物中毒事件……又譬如有人提出意见,说他还在手术台上做"金一刀"时,收过患者送他的红包……对于这两个问题,市委、市政府的领导已替金宝岐把话说了。领导们认为林由县的食物中毒事件,是个独立的、偶然的事件,责任不在金宝岐,何况事发后他的处置方法科学有效,没有造成任何不良后果,在这件事上,他不仅无过反而有功……关于他在手术台上收红包的事,在他任职卫生局局长时,组织上就已调查过,并已给出了结论——金宝岐是一个称职的好医生,是曾有不放心的患者在手术前给金宝岐送了红包,但在手术结束后,金宝岐就把红包都退还给了患者,有几次退不回去的红包,他就改变方法,把红包作为医药费交了,冲抵了患者的治疗费用。

金宝岐在接受组织考察期间,抽空去了一趟西安,他把金巧巧交给了在技工学校当校长的朋友,让朋友替他多操心,管好金巧巧在学校的学习和生活。朋友让他放心,说自会操心的。

朋友甚至说:"你的孩子就和我的孩子一样。"

金宝岐警觉地说:"什么你的孩子我的孩子?"

朋友迷惑了,说:"怎么说……"

金宝岐说:"我大哥的孩子,我是她二爸。"

一边垂首默立的金巧巧,拧着身子,这一只脚在地上踢一下,那一只脚又在地上踢一下。

朋友明白了金宝岐的意思,笑笑说:"都一样,都一样。"

安排好金巧巧的入学事项,金宝岐给关心支持他的老领导、陈仓市原市委副书记、现任省人大副主任打了个电话,约好时间,就赶着看老领导去了。

八

金宝岐任职陈仓市副市长的通知发下来的那天,他爱人张淑琴告诉金宝岐,说她见到不辞而别的豆芽儿了。

张淑琴在说这话的时候,正值他们夫妇用罢早餐,挑挑拣拣地换衣服之际。过去,他们夫妇受条件的限制,一年到头,没有几件衣裳换，老虎守着一张皮，没啥好挑，没啥好拣，穿衣便是一件十分简单的事。如今好了，不再是简简单单的几件衣裳，而是一大柜一大柜的衣裳，缤纷多彩，出门穿衣就成了一件难事。往往是，把柜子里的衣裳全翻出来，在身上试，试一件不合适，脱下来往床上一撂，再试一件，不合适了脱下来再往床上一撂，继续试，总是试不出一件当日出门要穿的衣裳。平常的日子是这样，今天呢，又是那么不平常，夫妇俩在穿衣上就更挑更拣了。张淑琴还好办一点儿，试了三套衣裳，试到一件酱红色的小西装及与之相配套的黑色筒裙，就不再试了。而金宝岐却还纠结着，一身黑色的西装换下来，再试一件藏青色的西服，伸胳膊舒腰地在镜前看了看，觉得还是不成，不仅他自己觉得不行，张淑琴在一旁也说不行，这就又换了别样的款式，反反复复，不是一句"不厌其烦"的话能说得过去的。

　　这是个什么日子呢？组织上一纸通知，由上级组织部门的领导当众一读，大家起立鼓掌，金宝岐可就是陈仓市让人羡慕的副市长了。这样的好日子，可是不敢马虎呢！穿得太沉重，让人觉得他欠缺活力就不好了；而穿得太浅淡，又让人觉得他略逊稳重，可就更不好了……好不容易试穿了一身藏青色的西服，可在打什么花色的领带问题上，他们夫妇又是一番折腾。终于，在一次次的比较中，把一条深红色带斜纹的领带，系在金宝岐的脖子上，夫妇俩这才长吁了一口气，各自抻着自己的衣袖和衣摆，提着各自的皮包，走到房门口，换上打了油、抛了光的皮鞋。伸手拉住门把手，只需略一使劲，就能打开门、出家门时，金宝岐说话了。

　　金宝岐说的是一句言不及义的话："家里有个豆芽儿时，咱就没这么忙乱了。"

　　张淑琴听得出金宝岐话里的意思。他是关心她，怕她太受累。金宝岐知道妻子有自己的工作，家里的事他帮不上忙，这才想起豆芽儿、说起豆芽儿的。张淑琴心里倏忽生出一股温暖的感激,她在金宝岐的背上拍了一把,回应金宝岐了。

张淑琴说:"我见到豆芽儿了。"

金宝岐闻之松开了握在手里的门把手,回过头来,看着张淑琴,问她:"你在哪儿见到豆芽儿的?"

张淑琴说:"就在你发现她,把她领回咱家的金延安饭店里么。"

金巧巧闯进家里来后,她们照面都没打,豆芽儿就不辞而别,张淑琴没有怎么多想。而金宝岐就不同了,他想了很多,想到后来,他认为,不辞而别的豆芽儿,和他进门来的女儿金巧巧关系极大,她们也许是认识的,也许还是同学什么的呢。豆芽儿在家里做保姆,见金巧巧来了,她可不想在自己的熟人、同学面前,暴露当保姆的身份,那是难堪的、有失尊严的。金宝岐想到此,便觉得豆芽儿不辞而别,可是一件好事哩。但他影影绰绰地又还以为,豆芽儿或许是一枚定时炸弹,要是哪一天她说出金巧巧和他们夫妇的关系,就会炸得他面目全非,别说副市长当不成,连个为人父亲的身份,也要受人诟病的呢!

金宝岐的担心没错,豆芽儿是他陕北老家沟河村的人,只是豆芽儿的家和金家离得远,他又不常回去,所以不知道豆芽儿和金巧巧是好同学、好姐妹。

豆芽儿不辞而别,也正如金宝岐所想,她是在躲金巧巧的。不过,豆芽儿躲金巧巧的理由并不像金宝岐想得那么复杂。豆芽儿之所以要躲金巧巧,是因为她们分开了几个月,而这几个月的变故实在太大了,好姐妹突然见面,怎么开口说话呢?实话实说吗?豆芽儿想她是说不出口的。金巧巧呢?她就能实话实说吗?大概也不能够。既然如此,金巧巧寻亲来到金宝岐和张淑琴的家,她也就只有不辞而别了。这是豆芽儿头一次躲开金巧巧。还有第二次呢。第二次就是张淑琴领着金巧巧在陈仓市的商业街上转悠，转到商场给金巧巧买了这样一件衣裳、那样一双鞋子后，拎着大包小包来到金延安饭店的时候。这一切，张淑琴是不知道的。

张淑琴不知道，金宝岐就更不知道了。

便是当初金宝岐在金延安饭店用餐时发现了豆芽儿，向饭店老板求情，把豆芽儿接回家，他都不知道，也没有想到豆芽儿和金巧巧有什么关系，可能给他带来什么隐患。那时的金宝岐，只是觉得家里人太忙太累，需要一个保姆，就把豆芽儿从金延安带回家来了。

当然，金宝岐是问了豆芽儿的："你家在陕北吧？"

豆芽儿点头说："是哩。"

金宝岐说："陕北哪儿呢？"

豆芽儿说："都是山沟沟，说了你能知道？"

遭遇了一回被拐卖的变故，豆芽儿实在不想让人知道她从哪儿来，又要到哪儿去，于是就稀里糊涂地回答着金宝岐，稀里糊涂地就留在金宝岐的家里，做起保姆的活儿了。人啊，不论离开老家有多远，不论离开老家的时间有多长，对老家味道的记忆却怎么都淡不下来。好像是，离老家的距离越远，离开老家的日子越长，对老家的味道就越是敏感……陈仓城里开了个金延安饭店，金宝岐从金延安的门前过，还没有看见金延安金光闪闪的招牌，只凭鼻子，嗅到从大门飘出来的味道，他就推开旋转的玻璃大门，点了两个老家锅灶上的家常菜，这便美美地吃起来了，吃了他一个肚儿圆圆、额头上冒汗……这样一来二去，金宝岐就认识了金延安饭店的老板，老板也以陈仓市里有他一个当卫生局局长的老乡而窃喜，视金宝岐为他的一个大后台。有卫生检疫或者别的什么方面的困难，给金宝岐说，还能解决不了？金宝岐后来看上了脚手勤快、相貌大方的豆芽儿，向老板一说，老板就很乐意地玉成了。

金宝岐没从豆芽儿嘴里问出她的底细，但他记得，他也是询问了老板的。

当时正吃着饭、喝着酒，金宝岐满嘴酒气地问老板，你知道豆芽儿是咱陕北哪哒人？老板说他有招工记录，查了查给他说了一个地方。那个地方金宝岐的确没听过，就没往心里放。

金宝岐是谁呀？他处理事情，像他给人做手术动刀子一样，是很严谨的呢。但在这个早晨，他觉出了一丝蹊跷……松开门锁的把手，金宝岐拧身望着张淑琴，很是急迫地问她了。

金宝岐问："豆芽儿和你说啥了？"

这让金宝岐问对了。豆芽儿躲了张淑琴两回，都是因为金巧巧在场。第三回，豆芽儿不躲了，在金延安饭店做服务员，抹桌子端菜，豆芽儿知道她能等来金巧巧不在身边的金宝岐或是张淑琴。不出所料，果然被她等来了。为了庆祝金晶晶考上陈仓市实验中学这样的重点学校，张淑琴要宴请她在康复医院里的朋友，就在金延安定了一个大包间。是张淑琴请大家，她自然早来了一步，一个人在包间点菜。让她始料不及的是，服务她的恰是豆芽儿。

都是服务员，穿的也都是一色蓝底小白花的工作服，如果不是豆芽儿先开口，诸事劳心的张淑琴几乎认不出来了。但为她服务的豆芽儿开口来问她了。

豆芽儿说："阿姨，巧巧……金巧巧她怎么样了？"

闻听一个陕北口音很重的服务员问出这样一个问题，埋头看菜单的张淑琴抬起头来，只一眼，就把豆芽儿认出来了。此时，张淑琴把她手里拿着的菜单放到一边，伸手拉住豆芽儿的胳膊，也不回答她的问题，而是关切地问起豆芽儿来。

张淑琴问："你这女娃娃，咋就不辞而别了呢？"

不等豆芽儿作答，张淑琴跟上又问："对阿姨有意见吗？阿姨哪儿亏待你了？"

连珠炮似的一串发问，好像全没进豆芽儿的耳朵，她等着张淑琴把话都问出来，却依然坚持着她的问题："巧巧……金巧巧她怎么样？"

张淑琴也是，不正面回答豆芽儿的问题，自顾自还说着她的所思所想。

张淑琴说："你叔上任副市长了！"把这个好消息告诉豆芽儿后，张淑琴又说："你不辞而别，让你叔担心你了。"

金宝岐的确是担心豆芽儿的。张淑琴把这层意思明白无误地说给豆芽儿后，又加了一句，她说："你可不敢让你叔太担心你！"

本来嘛，张淑琴仍有一些话要给豆芽儿说，而豆芽儿也有话要问张淑琴，但是张淑琴请的客人来了，呼呼啦啦，直往包间进，嘴上都还热烈大气地说着恭维张淑琴的话，这便使张淑琴和豆芽儿的对话没法进行下去了。

张淑琴应酬着来客，顺带给了豆芽儿一个眼色，她俩就都心有灵犀地放下了说着的话题，一个照着菜单点菜，一个在点菜单上记录点好的菜品。

杯来盏去，吵吵嚷嚷之中，丰盛的一桌酒菜，来客是怎么吃的，张淑琴身在其中，却似乎并不怎么清楚。她自己感觉得到，她端杯子时是应付的，举筷子时也是应付的。好不容易，把吃饱喝足的一桌客人打发走，她留下来，给清账的豆芽儿又悄悄地说上了。

张淑琴说："你是个好女娃娃。你说么，你姨对你怎么样？好吧？"

豆芽儿拿着清算好的账单，轻轻地点了点头。

豆芽儿觉得张淑琴问得不错，她也是打心里这么认为的——张淑琴阿姨对她好，金宝岐叔叔对她好。所以她点了两次头后，又睁着一双清亮的眼睛，看着张淑琴，给了张淑琴更进一步的回答。

张淑琴看得懂豆芽儿的眼神，她笑了，说："这就对了，你姨你叔都对你好，可不敢因为咱哪一句话，让你姨你叔吃亏受罪吧？"

睁眼看着张淑琴的豆芽儿，对她说的一通话弄不懂了。自己说甚了呢？甚甚都没说呀？她只问了一句金巧巧，就这一句话呀！这句话就那么吓人吗？豆芽儿努力地想着，心里就多出了那么一层意思。这个意思张淑琴敏感地看出来了。她一旦看出来，就觉出了问题的严重。是她亲生女儿金巧巧呢，压在她的心头上，让她总是特别敏感。她和豆芽儿，人家还没说啥事，自己就先沉不住气，也太是没有城府了。于是，她伸出手去，把豆芽儿拿在手里的账单接过来，从包里掏出钱，数了数，交给了豆芽儿。

把钱交给豆芽儿后，她问："你和巧巧是同学吗？"

豆芽儿点头说："是同学，好同学哩。"

张淑琴说："你同学到西安上技校去了。"

豆芽儿欣喜地"哦"了一声，说："这就好！这就好！"

张淑琴却在豆芽儿一连串的叫好声里，进一步嘱咐豆芽儿："你们过去是好同学，这很好。但你们今后不一样了，巧巧有她的新生活了，你也有你的新生活，你要学着忘记她，就像你两次躲开巧巧那样，这对你俩都是好的。不过，你姨我，还有你叔他，你不要忘记，我们也不会忘记你，你有个困难啥的，就给你姨你叔我们说，我们一定会帮助你的。"

站在家门口，穿得很是讲究的金宝岐，皱着眉头，听张淑琴把她见到豆芽儿的情况细说了一遍，他一句话不插，一句嘴不问，听完了，依然心事重重地拧回头，再一次握住房门的把手，把房门打开来，走出去，走到电梯口了，这才张嘴给张淑琴说了一句话。

金宝岐说："以后你多到金延安去，吃饭是一回事，关心照顾豆芽儿是一回事，一定要把她知道巧巧身世的事封在她嘴里。"

175

九

宣布金宝岐任陈仓市副市长的会议搞得很隆重。穿戴得体的他坐车来到会场上，屁股还没有坐下来，他的手机铃声就响起来了。他把手机拿出来，本来是不想接听，还要把手机关掉的。但他瞥了一眼手机，发现电话是他在西安当着技工学校校长的同学打来的，就捂在耳朵上给校长朋友说一会儿再打来。

说了那样一句话，他就把手机的翻盖轻轻地合起来。

尽管如此，金宝岐的耳朵也像突然扎进了一根针，赤红起来，随之还产生了一阵痉挛般的颤抖，他预感有什么不测，自身差点按捺不住，要从座位上跳起来。但他多年在官场上历练，内心里的理性压制住了他的屁股，他稳稳地坐着，脸色也没怎么变化。

金宝岐能怎么办呢？当时他正坐在市政府为他组织的全体党组成员会议上，他不能不故作镇定。市政府党组会议和市长办公会议，金宝岐过去列席过，主要是汇报卫生系统的工作。这一次是不同的，是专门为他召开的，会上由省委组织部来的副部长向大家宣布他的任职通知，这就是说，那个通知在会上一宣布，作为民主党派成员，他的身份就变成陈仓市的副市长了。参加这样的会，金宝岐习惯性地要把手机调到静音或是振动状态，他不能因为手机铃声的尖叫而影响大家对他的看法，特别是今天。

省委组织部副部长是个严谨得有些古板的人，他把金宝岐的任职通知念得很是沉缓，仿佛法院的人在对犯罪分子宣读判决书一样。不知别人是怎么听的，但金宝岐起码听出了这么点儿意思。因此他观察到会的人员，发现大家的脸上都微微笑着，这让他的心情好了不少。经过多少天的忐忑不安和提心吊胆，他的心情也基本恢复了平静，他感觉得到，自己像其他来参加会议的人员一样也是微笑着的。如果说因为技工学校校长的电话让金宝岐的脸是僵硬的，那现在他该是松弛的、自如的了。

当技工学校校长的朋友，看来是焦急的，他几乎不能再等地又把电话打过来了。金宝岐保持着他松弛的、自如的微笑，低头瞄了一眼振动着的手机，看了看屏幕上的来电显示，平静地掐断了。但是他的朋友又把电话打过来了，当然他还只能再一次掐断……朋友的电话不断打来，金宝岐不断地掐断，就这么一直地持续着，等着省委组织部副部长把对他的任职通知念完，又高调地评价了他几句，大家就鼓了掌了。这是一种客气哩，金宝岐不敢当真却也自然跟着鼓了掌。掌声停下来，主持会议的市长就还请金宝岐讲一讲。金宝岐知道这是一个程序，一个表态性的程序，事前他也做了准备，但被朋友不断打给他手机的振动搅扰着，他表态时就很不连贯，还有点词不达意，甚至把感谢领导的关心、不负群众的信任这些客套话都忘了说。他心里发急发毛，额上都渗出密密麻麻的细汗来。

一个叫人心花怒放、开心惬意的时刻，他就这么不知所措地挨了过去。

有什么事呢？事情大吗？预感有事的金宝岐，在大家兴高采烈的祝贺声里，抽身去了一趟厕所，把电话给朋友打过去，听到的话让他那么的震惊。

朋友说："金巧巧离校不见了！"

朋友的电话，不能说是打给金宝岐的一记闷棍，却也够得上泼来的一盆冷水，金宝岐刚才热腾腾跳动的心凉下来了。

孽障！

金宝岐的心凉了，嘴里呼啦啦又涌上一股苦涩的味道。医学知识告诉他，那是他的胆汁倒流，浸入他的食管，又满溢到他嘴里的缘故。假如金巧巧现在在他的面前，他不知道自己会做出什么样的举动，骂是轻的，打是轻的……他会是怎么样呢？吃了她？碎了她？

宣布副市长任职这样的会，一般都很简短。省委组织部来的副部长和市委书记、市长等人在会议一结束，就都被簇拥着走了，其他副市长走过来，和金宝岐握握手打打招呼也走了。他自己心里有事，也想转身走人，可市政府的秘书长迎在他的前头，带着他去看他的办公室，并征求为他选择秘书的事宜，还问他有别的什么要求没有。对秘书长的殷勤关照，金宝岐也许有他自己的想法，也有他自己的要求，但在此一时刻，他不想提，也不想说。他唯一的想法是迅速离开，回到家里去，和张淑琴商量金巧巧的问题。

金宝岐对秘书长说："以后吧，以后咱再说。"

就任陈仓市副市长的头一天，金宝岐称得上是稀里糊涂、潦潦草草地度过的，他的手机不断有电话打来，并不断地有短信发来，这些电话和短信，无一例外都是恭贺他的，关系近的，还约他吃饭，他也全都像应付秘书长那样，给别人回了电话或是短信。

金宝岐回的电话和短信，内容都是：以后吧，以后咱再说。

金宝岐这么应付着大家，回到家里来，立即把电话打给了张淑琴，让她赶快回来，他有事和她说。

张淑琴现在当着康复医院的妇产科主任，她手上的事紧着，在电话中还想给金宝岐赖上一阵，但她听出金宝岐语气的不同，就没耍赖，把手上的事给别人交代了一下，火烧火燎地往回赶了。

进了家门，张淑琴抱怨说："火烧你屁股了？"

闷着头坐在客厅的金宝岐没等张淑琴的抱怨话说完，就雷吼一样说："我他妈尿硬了，夹在墙缝让蝎子蜇去，也比要那么个孽障好！"

张淑琴听出了问题的源由，她问："巧巧又咋了？"

金宝岐说："她离校不见了！"

张淑琴说:"这是怎么了?入学一月多,打电话不是都说好好的吗?"

金宝岐说:"鬼知道她怎么了!"

夫妻俩吵了几句,知道在家里抱怨发火都是没有用的,唯一的办法,只有动身到学校去,弄清楚金巧巧为什么离校,她离校到哪儿去了。

金宝岐刚刚上任副市长,他自然不能去。能去的,自然只能是张淑琴。

说什么话都是多余的,张淑琴给康复医院打了电话,请了假,简单地收拾了一下,就去了火车站,买了车票,去了西安。

金宝岐的校长朋友在西安接的站,一见面就给张淑琴说了金巧巧在校的基本情况。

校长朋友说金巧巧在校一个多月,学习是努力的,情绪是稳定的……当然,她的基础太差了,怎么努力都赶不上学习进度,就在她离校前,学校搞了个摸底考试,她的功课不及格也就算了,居然还有三门吃了大烧饼。带课老师也是为她好,叫她去单独谈话,好听难听的话说了一箩筐,想让她表个态,她都只是低着头,吧嗒吧嗒掉眼泪。老师看她这个样子,就不多说了,让她回到班级去。这一回去,就不再到课堂上来,隔了两天,人便离校不见了。

校长朋友说得心里愧疚,埋怨自己该操心的却没操上,说他一定要把金巧巧找回来,让她坐在教室里,好好学习。他感慨教书一辈子,什么样的学生没见过,他不信把金巧巧教不出来。

张淑琴被金宝岐的校长朋友感动着,她心里焦急难受,却反过来安慰校长朋友,说这不是他的错,也不是他操心不操心的事。又说巧巧在陕北山沟里熬野了,熬得不知天高地厚了。

话是这么说的,张淑琴还是很疼金巧巧的,用她在妇产科常对产妇们说的话说，只有自己受过那个疼、流过那个血，才知道心疼自己的亲骨肉。

张淑琴想一下子找见金巧巧，如果这时候能把她重新生一回，她都是愿意的，重生就能容易地抱在怀里，不至于找不见人。张淑琴安慰完校长朋友，又问他可有金巧巧的线索，校长朋友却摇头说没有，还说他已问过不少人，都不知道金巧巧的线索，要是知道，他也就不给金宝岐打电话，他自己去把金巧巧找回来就行了。

张淑琴不信一点儿线索都没有。但她没和校长朋友犟，只让校长朋友带着她，她要去金巧巧的宿舍看看——几个女孩子住在一个房间，她们中就没有一个人知道点金巧巧的去向？

张淑琴去了金巧巧住的宿舍，和几个女孩子东拉西扯，拉扯得近乎起来了，还很认真地给从父母身边离开一个多月的女孩子们讲了生理卫生知识，要她们一定照顾好自己。有个脸圆圆的姑娘，上衣掉了扣子，坐在自己的铺位上钉着，一针一针，不是穿不进扣眼，就是把自己的手指戳破。张淑琴就从她手里接过衣服，三下两下，很熟练、很规整地给她钉好了扣子。

正是这个圆脸姑娘，在张淑琴和同宿舍的女孩拉扯了一阵将要离开时，她悄悄地跟了出来，告诉了张淑琴一个难得的线索。

圆脸姑娘说："金巧巧和她们宿舍的一个高挑个儿的女孩儿，经常同出同进，向她打听或许能找到金巧巧。"

高挑个儿的姑娘当时不在，张淑琴没法当面问，就把这个线索告诉了校长朋友，让校长朋友帮助去找去问。校长朋友安排宿舍楼的管理员，让她注意观察高挑姑娘的行踪。夜里两点多钟，管理员发现了迟归的高挑姑娘，把她逮住，说校长找她一天了。

高挑姑娘心虚，想从管理员手里逃脱，挣了几挣，没能挣脱，而闻迅赶来的校长和张淑琴已堵在高挑姑娘的面前，三说两不说，高挑姑娘就老实地说了金巧巧的下落。

高挑姑娘说："金巧巧懊丧她不是读书的材料，她就逃学打工去了。"

张淑琴逼着高挑姑娘问："打工？她能打什么工？"

高挑姑娘支吾着说："也唱歌……也跳舞……"

张淑琴的脑子嗡地一下就大了！

十

线索有了，但要真正找到金巧巧却不怎么容易。正像俗话说的，姑娘难寻猪难寻。的确是，这话说得太难听了，但事实如此，我们又能怎么说呢？

抓住高挑个儿的姑娘，张淑琴和校长朋友让她带路，到高挑个儿姑娘和金巧巧陪人唱歌跳舞的地方去找人。那是什么地方呀，白天关门，晚上开门，白天关门的时候，黑灯瞎火，鸦雀无声，像一座装饰豪华的坟墓；而一到晚上开门，灯火灿烂，人声鼎沸，又像是一处群魔乱舞的地狱。过去，张淑琴只听人说夜总会、KTV歌房、歌舞厅什么的，既销魂又销金，但她从来没去过。如今为找金巧巧，她来了，是硬着头皮来的。她一到那样的地方，便眼花缭乱、头昏脑胀、不知所措了。幸好有校长朋友陪着，还有高挑个儿的姑娘引路，在西安街头的晚上，没头没绪地闯了几家那样的地方，结果呢，每一次都是心怯怯而往，又心灰灰而返。

他们找不到金巧巧。

张淑琴问高挑个儿的姑娘，校长朋友也问高挑个儿的姑娘……张淑琴一次比一次问得虚，校长朋友却一次比一次问得强硬。但不论他们怎么问话，高挑姑娘都是那样一句回答，说她和金巧巧就去了那几家唱歌跳舞的地方，起先她们是结对去了，去了就难以结对，客人叫谁就是谁，她们就都走了单，今日单走，明日单走，谁晓得金巧巧单走到哪里去了。

张淑琴听得失望，但又不甘心。她是下了决心，一定要把金巧巧找回来的。然而，校长朋友的学校管理工作千头万绪，他哪里有那么多时间陪着张淑琴跑呢？跑了几天，就借故忙他的工作去了。对此，张淑琴也能理解，他办的技工学校又不是只有金巧巧一个学生，还有千百名学生要他操心，都像金巧巧一样，那他还怎么办学？高挑个儿的姑娘，也不能陪她找金巧巧了，她有自己的功课，还有自己的生活，这一点张淑琴也能理解。别人都有理由不再找金巧巧，只有张淑琴没有理由。她不仅没有理由，而且随着日子的增加和难度的加大，张淑琴越来越心急如焚，她是必须找到金巧巧的，而且是越早越好、越快越好。

金巧巧宿舍的床铺还在，张淑琴征得校长朋友的同意，白天睡在金巧巧的床铺上养精蓄锐，晚上跑到西安的大街上，看见灯火通明的夜总会、娱乐城什么的，就要一头往进钻，为此还闹了不少冲突。

张淑琴的打扮和情态怎么看都不像在这种地方玩的人，特别是她的眼睛喷射出来的光焰，让守在夜总会、娱乐城门口的保安，一眼就看出来，她是个需要警惕的人。

恪尽职守的保安是要盘查张淑琴了，话一出就带着强烈的讥讽味道。他们问："您来这儿做什么？陪人吗？"

张淑琴听得出话里的不敬，她自然要反唇相讥，说："你爸来了吗？我陪你老爸。"

话说得不投机，冲突就难免了。张淑琴一味地要进夜总会、娱乐城的门，人家保安不让进，推推搡搡，到头来吃亏的只有张淑琴。如果只是推推搡搡中的身体伤害也还罢了，更多时候伤害的都是心灵。最近的一次，张淑琴赶到高挑姑娘曾经领她去过的一家夜总会，她隔着透亮的玻璃门，一眨眼的工夫，她看见门里一个穿得很少的姑娘被拥在一个大汉的怀里，无比妩媚地向夜总会大厅深处走去。她不敢相信那个姑娘就是金巧巧，但她的眼睛告诉她，那就是她要找的金巧巧。于是，她大喊大叫，喊叫金巧巧的名字，就往夜总会的玻璃门里冲。

夜总会门口的保安不是白养的，哪里能让张淑琴冲进去。她刚冲到玻璃大门的台沿边，就被两个虎势的保安，一左一右，像抓一只乱叫的小狗一样，牢牢地钳制住了。

张淑琴是真急了。这时候别说两个虎势的保安，就是两只真的老虎，张淑琴也不管不顾了，她挣扎着喊叫着，眼见门里那个像金巧巧的姑娘就要从她的视线里消失了，她扭过头来，照着抓她胳膊的保安的大手，张嘴咬了上去。

保安疼得刀割一般尖叫起来。

张淑琴的牙齿上也感到了一股咸涩的血的味道。

被咬的保安松了手，张淑琴又扭头去咬另一个保安，那个保安被拼了命的张淑琴吓住了，不等张淑琴嘴巴咬上来，抓着张淑琴胳膊的手便也松开了。

张淑琴甩脱了两个保安，依旧喊着金巧巧的名字，疯也似的撞开眼前的玻璃大门，飞扑着身子，仿佛一股强劲的旋风，赶在她认为是金巧巧的那个姑娘前头，一把抱住了人家，拖着就要往外走。

张淑琴浑身有一种解脱的快感，她拖着人家姑娘，嘴里还不停地轻唤："巧巧……噢呀巧巧……"

那姑娘明显受到惊吓，慌慌然跟着张淑琴走了几步，当她定下神来，明白张淑琴认错人了，就挣扎着想从拉扯中脱出身来，但她怎么挣扎，都挣不脱张淑琴的双手。

情急之下，那姑娘也大喊起来："我不是你找的巧巧，你认错人了。"

是这一声大喊，把张淑琴喊醒了过来。她放松了拖拉人家姑娘的劲头，同时再看向姑娘，终于确认那不是她的巧巧。她一下子像被人抽了筋一般，干扎扎号叫了一声，竟骨酥肉软地瘫在了地上。

几个披挂整齐的警察赶在这个时候扑向了张淑琴。他们是接到夜总会的报警赶来的，原以为是什么了不起的事件，扑到张淑琴的跟前，却见是个脆弱悲伤的中年妇女，便突然地失了主张，似乎不知该对她采取何种措施。

保安把他受伤的手伸到了警察的面前，很无奈地申诉："你看你看，她把我手咬成啥了。"

这倒算个伤害，警察就问张淑琴："是你咬的吗？"

张淑琴点了点头。

警察就让张淑琴起来，跟他们到派出所去一下。骨酥肉软的张淑琴起不来，警察就还搀着她，叫上被咬破手的保安，坐着警察开来的警车，去了附近的派出所。

张淑琴是头一回进派出所，而且是因为她咬伤了人，心情就特别糟糕。到警察给她做笔录时，她低着头、默着声，一句话都不说。还是被咬的保安给警察说了当时的情况，说他被张淑琴咬的时候，张淑琴只管往夜总会玻璃门里冲。要说夜总会不收门票，谁出谁进他们保安是不管的，那是个热闹的地方，只怕人不来。但张淑琴不同，她的情绪有些失控，往夜总会冲不是来消费的，她在找人，大喊大叫地喊叫着一个名字：巧巧……金巧巧。

保安说到最后，还又补充了一句。他说张淑琴到他们夜总会来不止一次了，她经常来，来了就守在夜总会的门口，常常是一守一晚上。

保安说的是实情。张淑琴找不到金巧巧，她又不甘心不找，而和她一起找的校长朋友与高挑个儿姑娘，陪了她几个时日，都找理由不陪她了，她就只有独自寻找了。她没有线索，就只有茫然地逡巡在西安的夜总会、娱乐城及附近大街等处，期望守株待兔，找到她的金巧巧。

警察顺着保安的话再问张淑琴，张淑琴开口应答了。但也只应答了她是在找金巧巧，至于警察问她金巧巧是她的什么人，张淑琴又默不作声了。当然，警察还问她叫什么，在哪里工作，张淑琴就更是咬紧牙不出声。不过呢，她对被咬伤保安还是很愧疚的，一会儿睃一眼保安受伤的手。

张淑琴十分报愧地说："让你受疼了。对不起，你要到医院包扎一下，小心破伤风感染。"

张淑琴对保安真诚地道着歉，并从她的口袋里掏出几张百元人民币，给保安手里塞。

年轻英俊的保安看来也不是心硬之人，张淑琴道歉了，还给他赔偿金，他的态度便缓和了下来。与此同时，他发现张淑琴掏钱时带出了一张照片。他弯腰把照片拣起来，仔细地看了一眼，猜想张淑琴要找的金巧巧就是照片上的姑娘了。他在自己的记忆里搜索着，很快就搜索出了照片上的姑娘。他得承认，这个叫金巧巧的姑娘确实到他们夜总会来过，只是最近一些日子再没有见到她的面。这不奇怪，夜总会的姑娘，从来是这里来几天，那里去几天，谁会把自己拴在一个地方呢？

情绪缓和下来的保安问张淑琴了。他一边把照片递给张淑琴，一边问："你要找的金巧巧是她吗？"

张淑琴接过照片说:"你见过她?"

保安先是点点头,接着又摇了摇头。

在夜总会门前做保安几年了,像张淑琴一样焦急找人的人,保安没少遇到过。他知道他们可能是要找之人的父亲或母亲、丈夫或恋人。而他要找的人,无一例外,都是来夜总会坐台的女孩儿。这些女孩儿陪人唱歌,陪人跳舞,陪人喝酒,还有一个心照不宣的业务——在客人需要特殊服务时,有的女孩儿也是可以为之服务的,美名其曰:坐高台。

张淑琴看懂了保安的态度,她像遇到救星一样,着急地给保安说:"你一定见过她了。你给我说,她在哪里?你领我去,我给你报酬,咱找她去。"

好心的保安说:"别提报酬。我现在没法领你去找人,但你相信我,我在夜总会门口做保安,我会给你留心的,你给我个电话号码,有情况时我和你联系。"

十一

悄悄地,张淑琴把寻找金巧巧的信息挂到了网上。

这个主意是高挑个儿的姑娘给张淑琴出的,她说,阿姨一个人找巧巧,几乎可说是大海捞针,找见的几率太缈茫了。网络多利害呀,那上面什么人没有,多得数都数不清,其中有些人还搞"人肉搜索",别说金巧巧一个大活人,就是大千世界的一只死蚂蚁,他们也有办法搜索出来。

张淑琴不懂"人肉搜索",就问高挑个儿姑娘怎么操作。姑娘不厌其烦地做了说明,说得张淑琴就动了心,她就想着把寻找金巧巧的信息挂在网上。但又担心,搜索出了金巧巧当然好,可别把金巧巧背后的其他事情也搜索出来,那可就糟了。张淑琴便没有立即行动。

住在金巧巧宿舍的床上,见天儿见面的高挑个儿姑娘,看着张淑琴痛苦的样子,实在是看不下去了,就继续劝说张淑琴把寻找金巧巧的信息往网上挂。高挑个儿姑娘这时的理由更进一步,确有说动张淑琴的地方。她说:"有不少女孩儿在夜总会、娱乐城那样的地方捞外快,她们捞了外快干啥呢?赚生活费是一个方面,另一方面就去上网。咱们想想,她们在夜总会、娱乐城碰上金巧巧的机会多吧,上了网,看到金巧巧信息的机会多吧,有这两多,咱找到金巧巧的机会不就也多了吗?"

倒不是高挑姑娘的理由有多充分,而是张淑琴的时间耗得不少了,她掐着指头算,也已过去了多半个月了。她有她的工作岗位,她不能长期脱岗,长住在西安寻找金巧巧呀。

把寻找金巧巧的信息挂在网上,实在是个没有办法的办法。

然而一旦挂在网上,张淑琴所能获得的信息自然多了起来。张淑琴和金宝岐在电话上商量了一下,就从西安回到陈仓,销假上班去了。但不管工作多么忙、多么累,脱下白大褂从医院回到家里,不洗手,不洗脸,甚至顾不得换拖鞋,张淑琴就要扑到电脑前,慌慌张张地打开电脑,爬到网上,搜索到金巧巧的条目,一条一条地看挂在上面的信息。

信息确实不少,然而多数除了同情张淑琴外,再就是诉说与张淑琴同样的遭遇了。发布这类消息的人,他们的女儿也很不幸地走失了,找不见了。他们焦急悲伤的诉说让张淑琴一字一句地读下来,她常会读得满脸泪水,唏嘘不已,感叹天下父母心,怎么这般苦痛。

把寻找金巧巧的信息挂在网上十多天,全然不见一条有用的回

| 187

帖，直到季节转入秋冬，西北风为关中大地吹了一场薄雪，回帖中出现了金巧巧个人发来的信息。她告诉张淑琴和金宝岐，说她早说过了，她不是读书的材料，在西安的技工学校读了些日子，她是越读越糊涂，根本没法读下去，她离校南下深圳，辗转又去了广州、东莞，现在在珠海一家工厂打工，她想自己挣钱，自己养活自己，但工厂老板的心太黑了，她打工挣的钱被这么一扣、那么一扣，到手的钱根本养活不了自己。她要家里给她电汇三千元，有了钱她再转寻一家工厂去打工。得到这个信息，张淑琴的心松快了一些，赶紧取了钱，照着金巧巧在回帖中发来的银行卡号直接打了去，然后打电话把金宝岐叫回家，说她要去珠海看一看。金宝岐像张淑琴一样担心着金巧巧的安全，便同意张淑琴去珠海了。

张淑琴说走就走，当下订了南下的飞机票。出门要走时，金宝岐跟了出来，忧心忡忡地叮嘱张淑琴，见了金巧巧不要发脾气，尽量说服并带她回家，劝她去上学。

金宝岐说："你要让巧巧树立信心。基础差，开始时难一些，跟上就容易了。"

张淑琴说："你把心放下，我好心对她，她就是一块铁，我也要把她暖热了抱回来。"

信心满满的张淑琴，带着她在网上查来的信息，到珠海找了几天，却连金巧巧的影子都见不上……金巧巧不是一滴水，她不会被南国的太阳晒化了的。

心里疑惑着，张淑琴找到了珠海市的报警中心，向他们出示了网上信息，请求警方帮助她查找金巧巧……这一查，还真把"金巧巧"查出来了，但那不是女儿身的金巧巧，而是一个假借金巧巧之名诈骗钱财的网络发烧客。

警察把为男儿身的网络发烧客抓获后，让张淑琴去认领，她看了一眼,又羞又恼,气得差点晕了过去。

这是一个教训。空手回到陈仓家里的张淑琴,虽然还密切注视着网络上有关金巧巧的信息,可她已不再盲目轻信了。然而她有时候又不得不信,凭着自己的判断,还到甘肃的甘州和四川的成都等地跑了跑,结果都是满怀希望而去,极度失望而归。

最近的一次寻找,是山西的网友发来的信息,说他在一家煤窑掏炭,发现同在矿上的一个男子,年龄不小了,在煤窑上出牛马力挣了几个钱,回家"办"了个媳妇,那个媳妇是人贩子从陕西骗来的。男子一手交钱,一手领人,从人贩子手里把人接回家,当天就喝了喜酒,入了洞房……这男子守着"办"来的媳妇在家待了两个月,腰里攒着的钱花没了,就又来了煤矿,他来时带着媳妇的彩色照片,见人都要给人家看。这个网友也看了照片,和网上金巧巧的照片一对照,是瞎子也看得出来,她就是金巧巧呀!

对这样的信息,张淑琴肯定要去的,上当受骗也要去。

结果和前头的情况一个样,张淑琴仍然只有失望。不过呢,她受的罪却一次比一次大,特别是去山西这一次。那是什么地方呀,山又大,沟又深,汽车都到不了那个地方,她就只有徒步而行了。好不容易找到了网友所说的那个小山村,她只在村口打听了一下,全村人就都警惕地看着她,不和她说一句话。她口渴了、肚子饿了,想讨一口水喝,想讨一口饭吃,甚至掏钱买水买饭,村上的人都不卖给她。

等在那个落后贫困的小山村,张淑琴又饥又渴,最后晕厥在脏乱的村街上,才有村上的老人出面,给她喂了水、喂了饭。详细问了她的情况,村上人笑了。

笑的原因在于,那男子"办"的媳妇,娘家在南方的贵州省,与她的金巧巧差着十万八千里。

村上人的心松了下来,不仅给了张淑琴吃喝,还把像金巧巧的那个已为人妻的贵州女孩领了来,让张淑琴自己看,看清楚了,不是她要找的金巧巧。

在事实面前,张淑琴再一次失望了。

无边无际的失望情绪,像一张遮天盖地的大网,笼罩着张淑琴。她灰头土脸地回到家里,很想倒头睡上几天几夜。她太乏太累了,不只是体力上的乏累,还有精神上的、心灵上的乏累,她感觉自己要完全垮下来了。

然而,她还得硬撑着去上班。

现在的家庭,都是一个孩子,生孩子、看孩子就成了每个家庭成员的头等大事。这一点,作为康复医院的妇产科主任,张淑琴的意识是明确的,也是强烈的。她要求科室里的医护人员,对待孕产妇和新生儿一定要像对待自己的亲人一样,一点儿的马虎、一点儿不负责任的言行都不能存在,因为它们都是和自己神圣的职责不相容的。

为了寻找金巧巧,张淑琴请假脱岗的日子太多了,每过一小段时间,她就要请假出去一次,别人不说什么,她自己心里就很过意不去了。为此,张淑琴几次向院领导提议,要辞去妇产科主任的职务。张淑琴想她说得很恳切了,院领导却不接她的茬,她想说重一些,又担心人家想歪了,说她耍市长夫人的脾气。

无可奈何,张淑琴硬着头皮还得继续当她的妇产科主任。

问题偏偏出在了这里,因为她经常请假,常离岗,康复医院的妇产科,在坚守医疗卫生规定方面不那么严格了。最要命的是,一些医疗物品的浸泡消毒情况很不到位,致使医疗事故频出,竟有八名新生儿罹患复合性感染疾病死亡。

这是比寻找金巧巧更让张淑琴揪心的事呢!

张淑琴不想隐瞒,也不敢隐瞒,她在自查中发现了这个事故的根源，便迅速向医院和卫生局做了汇报，她深知这是她此生所犯的一个不可饶恕的大错误。

十二

"咚、咚、咚"……豆芽儿一路小跑来敲她姨张淑琴的家门了。张淑琴阿姨说过，有什么事就来找她，给她说。豆芽儿现在真的摊上事了，而且是个大事呢！事情恰好还与张淑琴的女儿金巧巧有关联，她就必须来敲张淑琴阿姨的家门了。

豆芽儿把门敲了一阵，都不见来人打开，她便又举手"咚、咚、咚"地敲上了，直到敲得"吱呀"一声响，厚重的防盗门从里边推开来。

豆芽儿看见了门缝里的一张脸，那不就是和蔼可亲的张淑琴阿姨吗？但她像变了一个人一样，几个月不见，黑了瘦了，精神也极度不振，仿佛去了一趟饥饿的非洲，憔悴疲倦，萎靡颓废……豆芽儿焦灼的心，咯噔一下，像掉进一眼深井里似的，冰冷而黑暗。豆芽儿想得出来，张阿姨是为金巧巧的事愁的。

这可太无奈了。豆芽儿从沟河村出走以后，不仅她自己遭遇了一场不堪回首的拐卖，她在沟河村家里的奶奶也心急起病，倒在窑洞里的炕头上，茶饭不进，没有多少日子，便呼叫着豆芽儿的名字，撒手仙逝了。她哥哥豆饼儿把消息报给打工的爹亲和娘亲，两人回到沟河村，草草地安埋了奶奶，就又拍屁股到城里打工去了。豆饼儿还能待在沟河村吗？显然是不能了，心里牵挂的奶奶去世后，他在沟河村读不进去书，过了些日子，就也如爹亲和娘亲一样，远离了沟河村，进城打工来了。

进到城里来，豆饼儿找到了娘亲和豆芽儿，也才知道他们的爹亲、娘亲已然离了婚，成了一点纠葛都没有的两家人。

豆饼儿在陈仓市娘亲处待了几天，又坐火车去了南方的广州，在爹亲的身边待了几天。他在娘亲身边待得伤心，在爹亲身边待得别扭，这就放弃了待在他们身边的念想，孤身一人打工去了。他打工的地方，就在距离陈仓城两百多公里的西安城。豆饼儿十八岁了，他一米八的身条，很有些陕北汉子的英武气。灯红酒绿的西安城，有太多太多的娱乐城，娱乐城需要的保安，都是豆饼儿这样的后生。因此，他很容易就被西安城著名的银河夜总会招录为在大门口迎客送客的保安。有点野气，同时又有点儿胆气的豆饼儿，把一个保安的职责完成得非常好，如果不是金巧巧走进他的视线，他可能会在装修豪华的银河夜总会一直认真地做他的保安。但是金巧巧走入了他的视线，他就没法再在银河夜总会的门前做保安了。

走入豆饼儿视线的金巧巧，再不是沟河村里的金巧巧了。

沟河村里的金巧巧，是个羞怯的中学生，野獾似的豆饼儿打心眼里喜欢她。那时，豆饼儿以不健康的手段搂抱过金巧巧，甚至吃了金巧巧的香香。对此，长了两岁的豆饼儿，想起来就愧悔，就自责，就脸红得像烙铁。豆饼儿很想把他年少时的罪孽都忘记，可是金巧巧走入他的视线了，而且是以那样一种形象走进来的，有点破罐子破摔、不管不顾、不堪入目，豆饼儿就很不理解，就只能傻愣着……尽管树叶已经凋零，气温向着零度以下猛蹿，那一天的金巧巧，反季节似的，竟还穿得十分暴露——下身是一条短得几乎露出屁股的皮裙，上身是一件几乎露出双乳的情趣内衣，外搭一件白色翻毛的半截皮衣，有纽扣不扣，就那么挎着个脸色灰青的痞子青年，招招摇摇地到银河夜总会寻欢来了。站在夜总会门口的豆饼儿，把像金巧巧那样穿着暴露的女孩儿见多了。她远远走来时，他没太注意。到她走得近了，擦着他的身边就要走进夜总会的大门时,他凭着一种直觉,发现那就是金巧巧。于是,豆饼儿追着金巧巧的背影喊她了。

豆饼儿喊:"巧巧……金巧巧!"

在夜总会的大门口,人家的规矩是要豆饼儿说普通话的,他也醋溜地能说普通话了,但情急之下,他就把家乡话喊出来了。就是他这一喊,真把金巧巧喊得转回了头。但是金巧巧把豆饼儿看了几眼,说出的话是那么陌生。

金巧巧说:"你谁呀?胡喊乱叫!"

豆饼儿就想,金巧巧大概记着他过去的荒唐,不想认他。他没气馁,就还说:"我是豆饼儿,你不认识了?"

金巧巧这就把挎在痦子青年胳膊上的手抽出来,踱着碎碎的步子,到了豆饼儿的跟前,把他上上下下、左左右右地看了个遍。金巧巧一边看一边说:"听说话是豆饼儿,可是看你这样儿,怎么就不像了呢?"

豆饼儿挺着个保安该有的身条儿,任由金巧巧怎么看怎么说,他都不改姿态,说:"你看仔细了,不是我豆饼儿还能是谁?"

金巧巧咋能不认得豆饼儿?她是有意耍弄他的。耍弄一阵够了,她就惊咤咤地一声呼叫,说:"还真是你呀!豆饼儿……当上保安了,不错呢,有能耐!"

豆饼儿说:"有能耐我不当保安。"

金巧巧可不想与豆饼儿这么胡顶乱撞,她以似乎已经阅人很多、阅世很深的样子笑了一下,给豆饼儿说了声"再见",这就转过身去,又挎在痦子青年的胳膊上,往夜总会的深处走了去。高得有点悬乎的高跟皮鞋,踩在油光水滑的花岗岩地板上,发出一声声清冽惊人的脆响。

豆饼儿生上气了,他盯着金巧巧的背影,给她送了一句话:"好

| 193

好耍,小心把魂耍丢了。"

金巧巧没有回头,给豆饼儿甩回来一句话:"好好看门,给咱把魂守住。"

豆饼儿是真生气了!他在银河夜总会的门口当保安,见识够多了,来这里消费的人,他不敢说没有正经人,但他可以肯定的是,正经人不多。想想看,正经人谁会把钱往这样的地方扔呢?把钱扔进来,又为个甚呢?不就为了找个乐子?吃、喝、嫖、赌、抽,社会生活中的瞎瞎事情,在这里无所不有。公安机关搞的那次突击检查,仅卖淫嫖娼的人员,男男女女分成两列,排开来往大门外押,走了整整二三十米,插萝卜似的往警车里塞,豆饼儿拿眼瞄了一下,光警车就塞了十好几辆。他听说了,这些被带走的人员里,还有二三十号冒泡儿吸毒的人。金巧巧是谁呀?一个陕北山沟沟里长大的女娃娃,她咋也混进来了呢?她不该呀!她应该想想自己是谁,混在这样的地方,又对得起谁呢?呼呼生气的豆饼儿这么想着,忽然就想起金巧巧在陈仓城里的父母了。沟河村养大她的是她的养父母,陈仓城里听说有她混得很不错的生身父母,她无论如何,都要对得起他们才好呢!中考没有考好,她不是到陈仓城去找她的生身父母去了吗?她找得怎么样?生身父母接受她吗?承认她吗?爱她吗?问题一个串一个,像一条冷冰冰的铁链子,缠绕着豆饼儿,让他生气冒火,苦不堪言。

天是冷了,西北风呼呼地吼叫着,而岗位就在银河夜总会门口的豆饼儿,再冷也不好离开,哪怕离开一小会儿,到玻璃大门的里边躲上一会儿。他知道,玻璃大门隔着外面的寒冷,也隔着里边的温暖,咫尺之隔,只要他推开玻璃门进到里边,身子就会暖和起来。可是他不能那么做,也不敢那么做,那么做就是违规,做一次就要罚他一次,他因此就得一直站在门外边……这个夜晚的西北风好像比以往都要凛冽一些,吹在他的身上,仿佛刀刺一样,冷冷冷……痛痛痛……

这种又冷又痛的感觉,是不是还因他见了金巧巧而加重了呢?胡思乱想中的豆饼儿,强耐着严寒,好不容易熬到了后半夜。在银河夜总会寻欢的人,一拨一拨地出来了,豆饼儿虚眯着眼睛,他在人群里寻找金巧巧。可是到他估摸着夜总会里的人都走空了时,还不见金巧巧出来,这让他又冷又痛的心,更添了一分不安。

吆吆喝喝的,哭哭闹闹的,从夜总会里又走出一拨人来。豆饼儿看见金巧巧了,她就在这伙人里,但她是那么不堪,仿佛一个吸毒者突然毒瘾犯了似的,跟跟跄跄,前爬步、后坐墩,在几个人的搀扶下,非常困难地往出挪着……心里原本就有的怒气,聚集到这个时候,豆饼儿是不能再忍了,他一把推开银河夜总会的玻璃门,冲进去,握紧了拳头,照着搀扶金巧巧的那个痞子青年便打了上去,不偏不倚,他的拳头打中了那家伙的左眼,只听那家伙一声惨叫,向后重重地倒了下去……豆饼儿看见,那家伙的左眼里不断渗出血来。

金巧巧这时醒了一下,她大喊一声:"不关你事,你走!"

豆饼儿走了。

豆饼儿之所以还能走开,金巧巧的那一声大喊起了作用,再还有和他一起做保安的伙伴,大家默契地配合着处理突然发生的事故,就很是隐蔽地帮助豆饼儿离开了现场。

豆饼儿回到了陈仓市。他找到在金延安当服务员的豆芽儿,把金巧巧的事给妹子豆芽儿说了一遍,正想走掉时,被追踪来的警察铐住了双手,推推搡搡地被带走了。

豆芽儿感到她又一次地尖叫了!

但又都像她以往的尖叫一样,那声音只闷在她的心里,像撕裂一块钢板似的!

事不宜迟,敲开张淑琴阿姨家门的豆芽儿,把她哥哥豆饼儿和金巧巧的事,拣重要的部分说出来。说完,她带着哭腔央求她可亲可爱的张淑琴阿姨。

豆芽儿说："这可咋办呀？"

豆芽儿说："你帮帮我哥豆饼儿！"

豆芽儿说："咱寻金巧巧去！"

十三

金宝岐接到了老领导、陈仓市原市委副书记的电话。这位老领导现在是省人大的一位副主任。这一次，副主任把电话打到家里来，可是非同寻常的。开头几句倒没什么，又听了几句，金宝岐便听出了问题的严重性，他身上的冷汗便一股一股往外涌，几乎湿透了他的衬衣。

老领导问候他："最近怎么样？"

金宝岐说："谢谢主任关心。"

老领导说："别打哈哈，老实给我说，怎么样？"

金宝岐想他不能不说实话了。当上陈仓市的副市长，也就几个月的时间，让他感觉起来，就有几十年长。工作上想着要有些作为的，提出一些新的措施，向上汇报，没人说不同意，也没人说同意；向下征求意见，公说公的理，婆说婆的理，也很难取得统一的意见。譬如他分管的医疗卫生和教育口上的事情，他提出意见，很想对群众呼声很高的医院看病难和教育乱收费问题采取一些措施，但他提出的意见，一直还是纸上的意见，根本用不到实际工作中去。而在这个时候，他的家里总是不能平静。一个金巧巧，像是一只闯祸的老鼠，搅得他和妻子张淑琴几乎一日不得安宁。特别是张淑琴，整个人差不多都扑在金巧巧的事上了，前些日子南下，近些日子又北上，就在老领导给金宝岐打来电话的前天下午,还有个西安的电话打到了张淑琴的手机上。先是一个男子的声音给她说,你是在找金巧巧吗?我现在就和金巧巧在一起,她想和你说几句话,你可要认真听的,听好了。男子的声音刚一消失,手机话筒里就传来了一个女孩的声音,那声音有些变形,还带着点哭腔,悲悲凄凄的,似乎还做着肢体上的挣扎。

张淑琴听见女孩说:"二妈救我!"

张淑琴听得耳膜暴响,她毫不怀疑电话那端的声音,就是离校出走多日的金巧巧。

女孩的求救声刚一落音,那个男子的声音又从手机听筒里响了起来。听他说话,还有几分得意、几分炫耀。他说:"没错吧?是不是你找的金巧巧?我告诉你,她欠下我的钱了,可她又还不起,你说咋办呢?你是金巧巧的二妈,不对吧?你和金巧巧都甭骗人了,你是金巧巧的母亲,金巧巧是你的女儿!母亲能不负担女儿的欠债吗?"

暴响的耳膜,几乎像是打雷了。

张淑琴说:"欠了你多少钱?"

男子说:"不多,才六千元。"

张淑琴说:"你不要为难巧巧,我还她欠你的钱。"

男子说了一个银行的存款账号,张淑琴就火烧眉毛般地跑到银行,向那个账号打了钱。

还要再瞒豆芽儿吗?

没有必要了。

张淑琴这次往西安城里赶,她把给她报了信儿的豆芽儿叫了来,一同往西安去了。陈仓市距离西安不算远,张淑琴有使用公车的条件,但在这件事上,她是不好用了。她就让豆芽儿陪着她,坐高速大巴,一路风尘仆仆地去了西安。

金宝岐想给老领导说实话,但他能全都说出来吗?那可是要命的，金宝岐不能全都老实说，端着电话话筒，他只拣了张淑琴任职主任的康复医院妇产科最近发生的综合感染导致八名新生儿死亡事件说了一遍。

老领导听了后问："就这些事吗？"

金宝岐顿了顿说："就这些事已经够我受了。"

老领导说："让张淑琴辞了主任算了。"

金宝岐说："已经辞过几回了。"

老领导说："这回坚决点。"

金宝岐说："我听老领导的。"

老领导似还有话说，他让金宝岐先别挂电话。他的这句话就多余了，金宝岐如果在和别人通电话，那他可能先挂掉电话，现在是和老领导通着话，他哪里敢先挂了电话？听老领导这么叮嘱他，他跟声就说，我听着哩。果然只有片刻的工夫，老领导就在电话那头说开了。他安慰金宝岐："到了副市长的岗位上，就要担得起事，这是考验。你没事时不要惹事，有事时不要怕事。如果仅是你说的那些事，我豁出我的老脸，给有关地方打个招呼，相信他们还是会给我点面子的，不过……"老领导这声"不过"一说出来之后，就说出了他知道的有关金巧巧的问题，他说："听人讲，你金宝岐还有一个女儿，而且说得有鼻子有眼，我不相信，这太夸张了，把你能的，过去了十七八年，咋就会冒出个新的女儿来？我给他们打了保票，说你是从我眼皮子底下成长起来的，我了解你，让他们不要乱说。"

金宝岐听得心里一惊一惊的，但他嘴上诺诺连声："谢谢老领导！"

张淑琴汇完款，再拨她手机上保留下来的那个号码，竟然一次也拨不通了。张淑琴就给那个号码发短信，一次一次地发，询问他们收到欠款了没有，对方也还沉默着，仿佛从来没有那个电话号码一样。

也是找寻金巧巧的心太切了,张淑琴的耳朵里出现了让她痛苦不堪的呼喊,一声一声,都是金巧巧在电话里的哀告:"二妈救我!二妈救我!"

毫无头绪的张淑琴在西安的大街上茫然地走着,忽然抬起头来,她看见了派出所的大门,门里有堵涂料粉刷过的白墙,墙上写了一行大红的艺术字,张淑琴看见那行字是"有困难找警察"。张淑琴脚步踉跄地进了漆成深蓝色的派出所大门,迎面碰到一个高大英俊的警察。张淑琴认出了那个警察,警察也认出了张淑琴,再一碰面,两人都怔了一下,接着,警察就像熟人一般给张淑琴笑了一下。

警察还记得张淑琴找人的事,顺口就问:"把人找见了吗?"

张淑琴把警察当成了救人的活菩萨,她连续鞠了几个躬,苦苦地说:"还没找到。"

警察就很同情地看着张淑琴,并把她招呼进了一间挂着"接警室"牌子的房间,给她倒了一杯水,让她说说情况,看警方能给她提供什么帮助。张淑琴很感激地对警察说了电话的事,请求他们帮助调查。警察没有迟疑,把那个让人揪心的电话号码抄写下来,并请求上级派相关部门协助调查。时间不长,协查结果就反馈过来,说那个电话号码的主人是位大学教授,人在外地,他丢了身份证,有人捡了他的身份证,用他的姓名办了这个电话号码。这个结果让警察一筹莫展,更让张淑琴心似裂帛,一块块地碎了去。

可怜的巧巧,刚有了线索,难道又断了不成?

绝望中的张淑琴,盼望手机铃声响起来,可响起来了又非常害怕。就在她盼望着又害怕着的时候,手机再一次急哇哇地叫起来了。她连看都不看,就把手机扣在耳朵上。她听出又是一个男子的声音,那个男子说他认识张淑琴,还说金巧巧就在自己跟前。张淑琴紧张地问他是谁,男子说他在夜总会当保安,如果张淑琴不是太健忘,一定还记得她咬伤过他的手。

张淑琴想起了那个好心的保安,她哑着声说:"谢谢你!我马上到。"

真是不错,找了九水八河滩,总算把离校出走的金巧巧找到了。在那家自己曾大闹一场的夜总会门厅里,张淑琴带着豆芽儿,见到了告诉她信息的保安。张淑琴想立即见到金巧巧,可是保安摇手让她不要多说,只让她在一边等着,等他下班,就带她去见金巧巧。

等人是个太熬人的事儿。张淑琴和豆芽儿只等了不大一会儿,却像等了十年八年。终于等到保安交了班,脱下保安服,领着她俩去见金巧巧了。

那是一条小巷子,七拐八拐,两边的小平房都破墙开成了门店,店主们把货物从店里摆到了店门外,这便把小巷子夹得更小了,走在其中,人和人不断会碰着。张淑琴和豆芽儿跟在保安的身后,一会儿和人碰一下,一会儿和人碰一下,不知碰了多少人,这就到了一个铁门把关的院子前。保安说他租住在这里,便掏出钥匙,打开铁门,就见金巧巧缩在门内的一角,极其无助、极其悲凉地看着走进院子的张淑琴和豆芽儿。

张淑琴愣住了!

豆芽儿也愣住了!

她俩像遭到冬天的一场强大寒流,瞬间被冷冻在原地,眼不会动,脚不会动,手也不会动,好像是,脑子和心也都不会动了。她俩死死地盯着金巧巧看,不敢相信,眼前这个猥琐的、惊恐的女孩子,就是金巧巧!

金巧巧叫张淑琴了:"二妈。"

金巧巧还叫豆芽儿了:"豆芽儿。"

经过几个月苦苦的寻找,终于找到了巧巧,也听到了巧巧的叫声，张淑琴不再怀疑自己的眼睛了，她真想扑上来撕了她……可看到巧巧是那么可怜，张淑琴的心痛了——这哪里是几个月前上技工学校的巧巧呀！瘦骨嶙峋，一脸的烟灰气色，睁着的两只眼睛是那么的幽暗失神……在离校出走的日子里，她究竟遇到了怎样的事呢？张淑琴把要撕了金巧巧的冲动生生地压在心里，她扑上去，把可怜的巧巧拥在了怀里。

眼泪"哗"地蒙住了豆芽儿的双目……她听见金巧巧在张淑琴的怀里抽抽嗒嗒中说着一句话。金巧巧说得不是很清晰，但是豆芽儿听得清清楚楚。

豆芽儿听见金巧巧说："你说……你说……我是谁？"

十四

太好了，找到金巧巧了，这多亏好心的保安呢。

好心的保安给张淑琴说："从那次冲突之后，我在夜总会小心观察着进出的女孩，一直没有见到照片上的金巧巧……今天终于见到她了，她浑浑噩噩地往夜总会这边走来，我拦下了她，给你打了电话……我觉得，金巧巧不太对劲。"

这是明摆着的，金巧巧确实不太对劲。她吸毒了，她的那个模样，张淑琴一看就知道她吸毒了。

还有别的办法吗？没有了。张淑琴拥着金巧巧，和豆芽儿拦了一辆出租车，连夜把金巧巧接回陈仓市的家里。她必须在家里帮助金巧巧把毒戒掉。为了达到这一目标，张淑琴请求豆芽儿留下来配合自己，豆芽儿答应了。豆芽儿还给张淑琴打气，要自信起来，只要功夫到，就一定能够帮助金巧巧戒除毒瘾。

金宝岐给张淑琴说了老领导的建议，张淑琴同意了。她很坚决地辞去了康复医院妇产科主任的职位，并主动申请给自己记了大过。她现在有时间陪着金巧巧，和豆芽儿一起帮巧巧施行戒毒方案了。不多几天，竟有了初步的成效。譬如刚接回来时，金巧巧一句话都不与张淑琴和金宝岐说，渐渐地开始"二爸""二妈"地叫了。但是关于她为什么离校出走又为什么吸上了毒的问题，不管张淑琴问，还是金宝岐问，金巧巧一概以沉默来应对。

张淑琴就让豆芽儿去问。先还只是金巧巧什么也不说，而豆芽儿在和金巧巧说了几回话之后，连她也不在张淑琴和金宝岐面前说话了。

不说就不说吧，张淑琴和金宝岐都只是随口问问，心里其实也没指望金巧巧说出来什么，当然也不指望豆芽儿说出来什么。他们想象得到，金巧巧如果说出来什么，或者是经由豆芽儿的嘴说出来什么，那情形还不知会怎样吓人呢！

张淑琴和金宝岐这么想着，就真希望金巧巧不说话，豆芽儿也不说话，变成两个哑巴。

然而这只是张淑琴和金宝岐的一厢情愿。金巧巧不犯毒瘾时，她是沉默寡言的，一旦毒瘾上来，她就会大喊大叫，直到张淑琴在豆芽儿的帮助下，为她注射上杜冷丁……反反复复下来，张淑琴唯一的办法只能是用杜冷丁作为替代物，慢慢减轻金巧巧的毒瘾。

为金巧巧注射杜冷丁，张淑琴是不敢怠慢的，稍晚一会儿，金巧巧就会大喊大叫起来，那可是非常吓人的。她喊出来的话，就是她多次问过的那句话，只是过去是小声地问，现在是要大喊大叫了。

金巧巧大喊："你说我是谁？"

金巧巧大叫："你说我是谁？"

早晨刚上班,陈仓市纪委就把金宝岐叫了去,请他喝茶并与他谈话,向他询问多生子女的问题,金宝岐否认了。不过,他否认得理不直气不壮。对此,与他谈话的人看出来了,并说他们已经获得了可靠的证据,实事虚不了,虚事实不了。纪委工作人员说话的语气客客气气的,最后给他说:"你自己再想想,我们等你想开的那一天。"

从纪委办公室一出来,金宝岐就回了家。

金宝岐回家来,在屋子里巡视了一遍,没有看见豆芽儿,便问张淑琴:"豆芽儿呢?"

张淑琴说:"到农贸市场买菜去了。"

金宝岐就把张淑琴拉到身边,把纪委和他谈话的内容,一字不漏地给她说了一遍。恰在这时,金巧巧的毒瘾又犯了,喊叫着,又朝着张淑琴和金宝岐逼问:"你说呀,你们说,我是谁?"

张淑琴把一支杜冷丁吸进了针管里,给金巧巧打在了肌肉里,金巧巧安静下来了。安静下来的她,又亲热地把金宝岐"二爸、二爸"地叫,把张淑琴"二妈、二妈"地叫……她甚至还想帮助张淑琴做些家务,像她曾经在这个家里时那样,殷勤快乐地扫地擦玻璃、洗衣搞卫生、淘米煮饭菜……但她总是很困倦,特别是打过杜冷丁后,总想小睡一会儿……这一次也没有例外,当打了杜冷丁的金巧巧亲亲热热地叫了"二爸""二妈"几声后,就倒在她的床上睡着了,而且很快发出了酣睡的鼾声。

金宝岐却还在客厅里眉头紧锁,不停地兜着圈子。

张淑琴见状,给他说:"你上你的班去。"

金宝岐就真的出了家门。在门口,他说:"好,我上班去。"

跟着金宝岐的屁股,张淑琴关上家门,转回身来,把给金巧巧准备的杜冷丁再一次取出来,往针管里吸了一支又一支。张淑琴平端着吸满了杜冷丁的针管,像是端着一支上满了子弹的手枪,蹑手蹑脚地走进了金巧巧沉睡的房子，走到她的跟前，照着她的侧卧的屁股，深深地扎了进去……金巧巧惊醒过来了。

金巧巧睁眼看着张淑琴，说："二妈……二妈……"

张淑琴说："别叫我二妈，我是你妈，你的亲妈。"

2008年9月30日　完稿于香港丽豪酒店1209室
2013年3月10日　改定于西安曲江翠竹园